U0632149

行走世界

第2辑

叶永烈 著

科学普及出版社

·北 京·

图书在版编目（CIP）数据

叶永烈行走世界．第2辑／叶永烈著．—北京：科学普及出版社，2012.8
（科学、文化与人经典文丛）
ISBN 978-7-110-07807-5

Ⅰ．①叶… Ⅱ．①叶… Ⅲ．①游记—作品集—中国—当代 Ⅳ．① I267.4

中国版本图书馆 CIP 数据核字 (2012) 第 172405 号

策划编辑	徐扬科
责任编辑	吕　鸣
责任校对	刘洪岩
责任印制	李春利
装帧设计	中文天地

出版发行	科学普及出版社
地　　址	北京市海淀区中关村南大街16号
邮　　编	100081
发行电话	010-62173865
传　　真	010-62179148
网　　址	http://www.cspbooks.com.cn

开　　本	700mm×1000mm　1/16
字　　数	240千字
印　　张	14
版　　次	2012年8月第1版
印　　次	2012年8月第1次印刷
印　　刷	北京中科印刷有限公司
书　　号	ISBN 978-7-110-07807-5 / I·283
定　　价	36.00元

作者简介

叶永烈，上海作家协会专业作家，一级作家，教授。1940年生于浙江温州。1963年毕业于北京大学。11岁起发表诗作，19岁写出第一本书，20岁时成为《十万个为什么》主要作者，21岁写出《小灵通漫游未来》。

主要著作为150万字的"红色三部曲"——《红色的起点》、《历史选择了毛泽东》、《毛泽东与蒋介石》，展现了从中国共产党诞生到新中国诞生的红色历程；《反右派始末》全方位、多角度反映了1957年"反右派运动"的全过程；182万字的长卷《"四人帮"兴亡》以及《陈伯达传》、《王力风波始末》，是中国十年"文化大革命"的真实写照。《邓小平改变中国》是关于中共十一届三中全会全景式纪实长篇。《受伤的美国》是关于美国"9·11"事件这一改变世界历史进程重大事件的详细记录。此外，还有《用事实说话》、《出没风波里》、《历史在这里沉思》、《陈云之路》、《中共中央一支笔——胡乔木》、《钱学森》、《美国自由行》、《星条旗下的生活》、《米字旗下的国度》、《俄罗斯自由行》、《欧洲自由行》、《从迪拜塔到金字塔》、《澳大利亚自由行》、《真实的朝鲜》、《今天的越南》、《樱花下的日本》、《神秘的印度》、《梦里南洋知多少》、《这就是韩国》、《我的台湾之旅》、《第三只眼识台湾》、《叩开台湾名人之门》、《多娇海南》等。

序

　　当我说要买一个 2000G 的移动硬盘时，售货小姐露出讶异的神色，问道："先生是干哪一行的，需要容量这么大的移动硬盘？"

　　大约是在电影厂摸爬滚打了 18 年，接二连三的出差和成天价的拍摄，使我对旅游和摄影产生了浓厚的兴趣。随着我拍摄的照片越来越多，移动硬盘自然也就不断扩容，从 200G 到 1000G 直至 2000G。

　　漫步在海角天边，把沉思写在白云之上，写在浮萍之上。至今我仍是不倦的"驴友"。我的双肩包里装着手提电脑和照相机，7 次飞美国，7 次赴台湾，我的足迹遍及五大洲。

　　我一边旅行，一边摄影，并不时把所见所闻写下来。我以我的目光探幽揽胜，观察异国风情。我注意细节，注重人文，注重历史，注重科学。

　　在我看来，文化是民族的灵魂，历史是人类的脚印。正因为这样，只有以文化和历史这"双筒望远镜"观察世界，才能撩开瑰丽多彩的表象轻纱，深层次地揭示丰富深邃的内涵。我把我的所见、所闻、所记、

所思凝聚笔端，写出一部又一部"行走文学"作品，配上自己拍摄的照片，先后出版了400多万字、总题为"叶永烈看世界"的22部图书：

《美国自由行——目击美国之一》、《星条旗下的生活——目击美国之二》、《受伤的美国——目击美国之三》（"9·11"事件）、《俄罗斯自由行》、《欧洲自由行》（包括墨西哥和加拿大自由行）、《米字旗下的国度》、《澳大利亚自由行》、《从迪拜塔到金字塔》、《这就是韩国》、《真实的朝鲜》、《今天的越南》、《樱花下的日本》、《神秘的印度》、《梦里南洋知多少》、《中国自由行（东部卷）》、《中国自由行（中西部卷）》、《中国自由行（台港澳卷）》、《我的台湾之旅》、《叶永烈目击台湾》、《第三只眼识台湾》、《叩开台湾名人之门》、《多娇海南》。

我仍在背着双肩包继续行走之中，一路行走一路写，继续撰写"叶永烈看世界"。

接到科学普及出版社编辑吕鸣的约稿信，希望我出版一本"注重科学背景加人文内涵、文学性加纪实性、最精的加最新的"自选集。她的约稿要求跟我写作"叶永烈看世界"丛书的见解不谋而合。我的这部书分为两辑，第1辑分为《文明的摇篮》、《政治的中枢》、《科学的力量》、《细节的文化》，《名校的风采》五章；第2辑分为《历史的沉思》、《艺术的殿堂》、《领袖的身后》、《企业的辉煌》、《先贤的追忆》五章。

在此，也感谢科学普及出版社总编辑颜实先生、编辑室主任徐扬科先生、前副总编辑白金凤女士给予的鼓励和支持。

叶永烈

2012年3月31日于上海"沉思斋"

目 录
CONTENTS

历 史 的 沉 思

Lishi de Chensi

步入温莎城堡

堂堂伊丽莎白二世女王陛下也要求加薪，"不差钱"的她也"差钱"？！

英国王室也确实开支浩大，光是白金汉宫和温莎城堡以及她的另外两栋私人住宅，即桑德林汉姆别墅和巴尔莫勒尔堡，都已经老旧，维修费用也相当"差钱"。

英国王室开放白金汉宫或者温莎城堡给民众参观，在做出"亲民"姿态的同时，也在为白金汉宫及温莎城堡的维修筹款，因为民众进入白金汉宫或者温莎城堡参观，是收费的。

1992年10月20日，一场火灾从温莎城堡女王的私人礼拜堂蔓延开来，最后火灾持续了15小时，烧毁了温莎城堡15%的面积，约9000平方米。重建用了5年才完成，70%的资金来自于对外开放白金汉宫国家大厅的门票收入。

不过，英国王室在对游客开放白金汉宫时，关闭温莎城堡；开放温莎城堡时，关闭白金汉宫。我来到英国的时候，正值白金汉宫对游客关闭，所以也就参观了温莎城堡，使我对英国王室的生活有了具体的了解。

如果说白金汉宫是北京故宫的话，那么温莎城堡就是颐和园。伊丽莎白二世平日住在白金汉宫，每逢周末、周日喜欢住到温莎城堡。伊丽莎白二世曾说，由于她的公务活动大体上都在白金汉宫举行，那里的生活显得拘谨、刻板，到了温莎城堡才放松了些，所以她称温莎城堡是她真正的家。

温莎城堡（Windsor Castle），又译为温莎古堡，或者温莎堡。温莎城堡坐落在泰晤士河畔一个小山头上，距离伦敦市中心约32千米。从伦敦市中

■ 温莎城堡高高的城墙

心乘车大约 45 分钟，就能到达温莎城堡所在的温莎镇。那里已经不属于伦敦，而是英格兰伯克郡，小镇正式的名字叫"梅登黑德皇家自治市温莎镇"，通常人们称之为温莎镇。

温莎镇是一个整洁、秀丽的小镇。进入温莎镇，首先引人注目的是一个巨大的摩天轮，令人记起伦敦市中心、泰晤士河畔的摩天轮——伦敦眼。设置温莎镇的摩天轮，是为了观看温莎城堡、温莎镇以及附近的泰晤士河，不过人气明显不如伦敦眼旺盛。即便如此，这个"温莎眼"的出现，也表明这里是英国值得一赏的名胜之地。

穿过遍是花草的小路，来到温莎镇的中心，一座规模巨大、用灰色砖块垒成的城堡巍然出现在我的眼前，那就是温莎城堡。每年 4 月至 10 月，温莎城堡在 10：00 至 17：30 对公众开放，11 月至翌年 3 月在 10：00 至 15：00 对公众开放。

在温莎城堡前以及温莎镇最主要的两条大街的交叉路口，醒目地矗立着维多利亚女王的巨大青铜雕像。她头戴王冠，手握镶着库利南 1 号钻石的权杖，背倚温莎城堡，目视正前方，一副凝重而又信心满满的神态。

我注意到，一架又一架客机发出刺耳的轰鸣声，掠过温莎小镇，掠过温莎城堡，掠过维多利亚女王青铜雕像。这是因为温莎小镇毗邻希斯罗机场，从这个英国最繁忙的机场起降的飞机，频繁经过温莎小镇上空。伊丽莎白二世这个

历史的沉思

3

■ 温莎城堡前的维多利亚女王塑像

温馨的家，不时要受到飞机噪声的骚扰。

如同北京故宫被一堵红色高墙围了起来，温莎城堡也围着一堵灰色的高墙。不过，温莎城堡的高墙之上，有一个个长方形的窄窄的枪眼，看上去更像是一座碉堡，而不像是一座王宫。

当我走进尖拱形的大门时，侧着看了一下，这才真切感受到城墙真厚。难怪曾经在温莎城堡住过多年的伊丽莎白一世说，温莎城堡是国土中最安全的地方，而且在危急时可以撤退到这里："如果有需要的话，温莎城堡可以承受围攻。"

在这英国"国土中最安全的地方"，每天有那么多游客光临，也变得不安全起来。我在进入温莎城堡之后，就在一个大厅里排队，等待安全检查。这里的安全检查，就像机场的安全检查一样严格。在等待安全检查的时候，大厅里的电视屏幕上，不断在播放之前威廉王子与凯特大婚的纪录片。看得出，英国王室对威廉王子大婚典礼充满成就感和荣耀感。

经过安全检查之后，游客去领取讲解器。在各种语言的讲解器中，有汉语讲解器，这表明来到温莎城堡里游览的中国游客相当多。

温莎城堡里没有解说员以及导游，但是有着很清楚的指路牌，便于游客沿着指定的路线行走。到了一个景点，那里竖着一个数字牌，

■ 温莎城堡窄窄的射击窗口

■ 温莎城堡的大门

表明是第几号景点，然后摁动讲解器上相应的数字键，讲解器就会开始讲解这一景点。我注意到温莎城堡里的警察、警卫也不多，但是到处安装了探测器，监视着游客的一举一动。

在高高的城墙内，温莎城堡里鸟语花香，满目翠绿。整个城堡占地5000多亩，是一个用城墙禁锢起来的大花园。温莎城堡里有近千个房间，是英国规模最大的一座城堡。

温莎城堡凝固着英国的历史，见证着英国的历史。这座城堡是经过一代又

■ 走进温莎城堡

一代英国君主扩建，才形成这样大的规模。

温莎城堡始建于 1078 年，创始人是英格兰国王威廉一世。

威廉一世严格地说是英格兰的征服者。

英格兰曾经 3 次被海峡彼岸的欧洲大陆国家所征服：

在古罗马时期，恺撒征服不列颠的原住民凯尔特人，居少数的罗马人成为统治者，前后达数百年之久；

到 10 世纪末，丹麦王国又入侵不列颠，卡纽特国王建立了包括丹麦、挪威和英格兰在内的"北海大帝国"。在卡纽特死后，帝国分裂，1042 年英格兰独立。

紧接着，1066 年来自法国的诺曼底人入侵英国，诺曼底大公成为英国的国王威廉一世，讲法语的诺曼底人成为又一个统治英国的少数民族。

曾经统治英国的丹麦人和诺曼底人后来都被同化到英格兰人中，英格兰人从此一直是英国的统治民族。

威廉一世是外来的统治者，不是土生土长的英格兰人，但是却给予英格兰极其深刻的影响：

其一，威廉一世来自法兰西，给英国带来了法兰西文化，使英格兰文化从此与法兰西文化深刻交融；

其二，威廉一世使英格兰进入封建社会，英格兰经济开始迅速发展；

其三，威廉一世在英格兰实施中央集权制，加强了英格兰的民族凝聚力；

其四，威廉一世建立起强大的英格兰军队。

正因为这样，在威廉一世之后，英格兰再也没有被外族所征服。威廉一世时代，成为英国崛起的起点。从威廉一世到维多利亚女王，英国书写了从崛起到鼎盛的历史。

尽管后来不论是英国民众还是英国历史学家都高度评价威廉一世，认为他是"英国的秦始皇"，可是威廉一世毕竟是从法兰西跨海进入英格兰，他在当时被英格兰民众视为"侵略者"，遭到明枪暗箭式的反抗。为了镇压英格兰人民的反抗，一向作风强硬的他，大修城堡。威廉一世以伦敦为中心，在半径30多千米的周围地区，一连建造了9座相互间隔30千米左右的大型城堡，温莎城堡就是其中之一。所以温莎城堡建立的初衷，是作战用的堡垒、据点，那高高而又坚固的城墙，是为了防止英格兰人民的偷袭。

威廉一世于1087年9月9日故世，他的次子威廉二世即位。1100年8月2日，威廉二世在狩猎中，不知什么原因，被一支箭正中肺部，神秘地死亡。威廉一世的幼子即位，即亨利一世。

亨利一世励精图治，于1106年渡海至法国，击败诺曼底公爵罗贝尔二世（威廉一世的长子）。亨利一世从兄弟的厮杀中得出教训，一定要寻找一片"安全的土地"，开始扩建温莎城堡作为王宫。此后经过一代又一代英国君主的扩建，温莎城堡兼具堡垒与王宫于一身的所在，直至今日的伊丽莎白二世。英国诸多重大历史事件，都发生在这座将近千年的城堡里。

参观温莎城堡，是近距离观察英国王室生活的难得机会。

庞大的温莎城堡，分为上区、中区和下区。我沿着指定的参观路线，先上区，后中区，最后是下区。

上区是温莎城堡的精华所在。沿着铺了地毯的长长的走廊，走进城堡深处，走进厅堂，可谓登堂入室，参观一个又一个挂满画像、装饰豪华的房间，如同进入博物馆。与博物馆不同的是，这些厅堂并非摆设，仍由英国王室在使用中。这

■ 威廉一世

历史的沉思

里有英国君主的餐厅、画室、舞厅、觐见厅、客厅、寝宫，还有玩偶屋。可惜室内不准拍照。

我手持讲解器，走过一个又一个厅堂。厚厚的墙、窄窄的窗，这些城堡里厅堂显得幽暗。但是把巨大的花形水银吊灯以及遍布每个角落的壁灯点亮，一下子就变得灯火辉煌。

在众多的厅堂之中，给我印象最深的是滑铁卢厅，亦即宴会厅。这个长方形大厅，是为庆贺滑铁卢战役胜利而建的，所以叫滑铁卢厅。在大厅上方悬挂着众多肖像，那是滑铁卢战役中讨伐拿破仑·波拿巴的同盟国的君主及指挥官的肖像。四壁还悬挂着达·芬奇、拉斐尔、米开朗基罗等名家真迹。

滑铁卢大厅中央，那硕大的长方形餐桌四周，可以同时容纳150人。英国王室的多次重要宴会，都在这里举行。当年戏剧大师莎士比亚的名剧《温莎的风流娘儿们》就是在此厅首演的。

国王的餐厅比滑铁卢大厅小，完全是另一种轻松的气氛：整块天花板是一幅众神进餐的巨大壁画，仿佛众神每天陪同国王一起进餐。餐厅的四壁，则是众多以食物为内容的精美的浮雕，仿佛在为增强国王的食欲而效劳。

女王的寝宫相当华丽，四壁挂着英国王室收藏的名画，只是画的密度显得太高了点。

温莎城堡中区最明显的标志是玫瑰花园围绕的圆塔。在1660年以前，圆塔是用来关押王室政敌的监狱，现在则主要用来保存王室文献和摄影收藏。圆塔顶上有高高的旗杆，每当伊丽莎白二世女王来到温莎城堡，这里便会升起英国皇室的旗帜。伊丽莎白二世女王离开这里之后，则升起米字旗。

■ 温莎城堡中区最明显的标志是玫瑰花园围绕的圆塔

中区的玫瑰花园，以种植玫瑰为主。玫瑰是英国的国花。我来到温莎城堡的时候，正值玫瑰盛开，扬辉耀彩，各色纷呈。

在温莎城堡下区，我细细参观了圣乔治教堂。

圣乔治教堂始建于1475年，是一座当时盛行的哥特式垂直建筑，其建筑艺术成就在英国仅次于伦敦市区的威斯敏斯特教堂。

步入圣乔治教堂，我看见尖

拱形的窗上镶嵌着艳丽的彩绘玻璃。圣乔治教堂高大而庄严。伊丽莎白二世在温莎城堡期间，总是到这里做礼拜。

令我感到意外的是，我在大厅里看到一大排骑士的盔甲、佩剑和旗帜。教堂与骑士有什么关系呢？

原来，这里是嘉德骑士勋章（the Order of the Garter）获得者每年朝觐国王的庆典的场所。

嘉德骑士勋章是英国王室颁发的最高荣衔。每一位嘉德骑士在大厅内都有固定的席位，席位后面的墙壁上悬挂着每位骑士的盔甲、佩剑和旗帜。

关于嘉德骑士的来历，颇为有趣："嘉德"（Garter）的英文原意是"吊袜带"。据说当初在一次庆典上，一位贵妇人把自己的吊袜带弄掉了，一时传为笑谈，而富有幽默感的爱德华国王竟以设立了"吊袜带"为名，设立了"嘉德骑士"爵位。就连"嘉德骑士"的勋章上，也刻着蓝色天鹅绒袜带！

圣乔治教堂给我另一难忘的印象，就是在那里见到许多英国君主的墓。在埃及，法老死后，要安葬在高大的金字塔内；在中国，秦始皇死后，也要建造庞大的秦皇陵；相对而言，英国君主的陵墓，要简朴得多。自 18 世纪以来，英国历代君主死后都埋葬在圣乔治教堂。据我所见，圣乔治教堂里起码有 10 个英国君主墓。

英国的君主墓，通常都是下方为大理石棺材，而棺盖上躺着君主栩栩如生的白色大理石全身雕像。据说这雕像是在君主死后按照面容模制下来的，造型逼真。英国君主往往与王后（女王则是与女王的丈夫）一起安葬。王后也是大理石棺材，棺盖上躺着王后的白色大理石雕像，与君主并排，仿佛一起安眠于天国。这些一对对的国王和王后的灵柩，分散在圣乔治教堂的各个角落，灵柩的方位也各不相同。

在圣乔治教堂的君主墓之中，最引人关注的是两位另类的英国国王的墓。

一位是查理一世（1600—1649），安葬在圣乔治教堂的唱诗班的地下墓地里。

查理一世专横独裁，引起资产阶级强烈不满。为了镇压苏格兰人民起义，查理一世于 1640 年两次召开议会，企图筹集军费而遭反对，导致英国资产阶级革命爆发。1642 年和 1648 年查理一世两次挑起内战，均被议会军打败。1649 年 1 月 30 日，伦敦白厅前的广场上人山人海，查理一世在众目睽睽之下被送上断头台，成为唯一一位被处死的英国国王。

那天夜里，下着暴风雪，他的遗体被人偷偷地运回温莎城堡，后来安葬在

历史的沉思

■ 漫步在温莎城堡

圣乔治教堂地下墓地。

自查理一世死后，英国封建专制结束，资产阶级共和国时代开始。

另一位另类英国国王就是那位"不爱江山爱美人"的爱德华八世。他逊位之后，被封为温莎公爵，与华里丝·辛普森一度住在温莎城堡，然后从这里到法国巴黎，漂泊异国他乡。然而他毕竟曾经是英国国王，死后仍和华里丝·辛普森一起被安葬在温莎城堡的圣乔治教堂。

在温莎城堡的圣乔治教堂里漫步于诸多英国君主的墓前，仿佛一幕幕英国的历史在这里浮现。

豪华的丘吉尔庄园

在英国所有的国王之中，最受崇敬、名望最高的是维多利亚女王。

在英国所有的首相之中，最受崇敬、名望最高的是温斯顿·丘吉尔。

丘吉尔不仅居于英国民众评选的"十大名相"之首，而且在2002年BBC举行的一个名为"最伟大的100名英国人"的评选中，丘吉尔获选为"有史以来最伟大的英国人"。

在很多年之前，我就读过长篇传记《丘吉尔传》，对于这位嘴角总是叼着一根雪茄的英国名相的智慧与豁达，深感敬佩。

在去英国之前，偶然从香港凤凰卫视一个介绍加拿大著名摄影家尤素福·卡什（Yousui Kano）的节目中，得知那张流传甚广、被《镜头》杂志称为摄影史上采用率最高的一幅摄影作品——《愤怒的丘吉尔》的幕后故事：

1941年1月27日，当丘吉尔首相走出伦敦唐宁街10号会议室，步入书房时，等候已久的摄影师尤素福·卡什让丘吉尔很放松地在站到椅子旁。丘吉尔左手扶着椅背、右手插入裤袋，嘴中含着雪茄烟。但尤素福·卡什以为，这样只能拍摄出丘吉尔首相温和自然的性格，不能达到摄影师所预期的表现丘吉尔刚毅的强人形象的效果。于是尤素福·卡什上前一把夺下丘吉尔嘴上的雪茄，顿时丘吉尔首相瞪大眼睛，露出了被激怒的神情，尤素福·卡什当即抓拍了这一稍纵即逝的瞬间，拍摄了那幅题为《愤怒的丘吉尔》的经典肖像。当时，正值第二次世界大战进入关键的时刻，这幅《愤怒的丘吉尔》照片象征着"愤怒的英国"，象征英国人民同仇敌忾反对德国法西斯的精神面貌，所以

历史的沉思

11

■愤怒的丘吉尔（摄影：尤素夫·卡什）

英国各大报都以特大尺寸刊登了《愤怒的丘吉尔》，世界各国报刊也纷纷转载，尤素福·卡什也因此名声大振。

2007年6月25日，这幅《愤怒的丘吉尔》的一个正版副本照片在北京拍卖，以22万元人民币高价成交，创造了一幅照片的最高成交价。

到了英国，我发觉那幅《愤怒的丘吉尔》几乎成了丘吉尔标准像，不论是博物馆里介绍丘吉尔所用的照片，还是图书、报刊介绍丘吉尔时所用的照片，都用《愤怒的丘吉尔》。就连丘吉尔青铜雕像，也是以《愤怒的丘吉尔》为蓝本创作的。

在走访莎士比亚故乡斯特拉特福德小镇之后，我前往相距不远的牛津郡伍德斯托克镇，参观著名的丘吉尔庄园，使我对温斯顿·丘吉尔其人有了更加深入的了解。

伍德斯托克镇跟斯特拉特福德镇一样，看上去都是英国很普通的小镇。不过作为温斯顿·丘吉尔出生地的丘吉尔庄园，跟作为莎士比亚出生地的莎士比亚故居相比，却有着天壤之别：丘吉尔庄园是那样的豪华，足以与法国凡尔赛宫媲美，而莎士比亚故居只是一幢普普通通的木屋而已。这是因为丘吉尔出身贵族，而莎士比亚出身平民。丘吉尔的贵族背景，有助于他在英国政坛广结人脉、纵横捭阖，而莎士比亚的平民背景，有助于他从民间汲取丰富滋养进行戏剧创作。丘吉尔和莎士比亚都是天才，植根于不同的土壤，结出了不同的硕果。

从牛津市乘坐公共汽车，大约半个小时，就到达丘吉尔庄园。

丘吉尔庄园是英国最大的私人宅院。

丘吉尔庄园之大，一进那花岗石砌成的米黄色拱形的大门之后，就能感受到了：从大门口到丘吉尔庄园的中心建筑布兰姆宫，足足走了十多分钟。

不过，在这十多分钟之中，行进在大片的草地、树林、花丛之中，湖水清波荡漾，白天鹅在湖边踽踽而行，一派世外桃源风光。令我惊奇的是途经一个小火车站——由于丘吉尔庄园太大，竟然需要乘坐小火车游览。

用米黄色花岗石作为外墙的布兰姆宫，气势宏伟，被誉为"英格兰最精美优雅的巴洛克宫殿"。然而它不是王宫，只是一位英国公爵的私邸。在我看来，布兰姆宫的规模、布局，有点像当年苏联援建中国的北京展览馆和上海展览馆。当然，这只是就丘吉尔庄园的中心建筑布兰姆宫而言，至于整个丘吉尔庄园要比北京展览馆加上上海展览馆都大。

不知丘吉尔庄园"底细"的人，常常会感到奇怪，丘吉尔作为英国首相，怎么会拥有这样与凡尔赛宫不相上下的王宫式的庄园？

其实，丘吉尔庄园之丘吉尔，并非英国首相温斯顿·丘吉尔，乃温斯顿·丘吉尔的祖上约翰·丘吉尔公爵。只是由于温斯顿·丘吉尔是约翰·丘吉尔后裔中名气最大的一个，所以人们常常把丘吉尔庄园误为首相温斯顿·丘吉尔的私宅。实际上温斯顿·丘吉尔并不享有丘吉尔庄园的继承权，他的家也并不在这里——他出生在这里，纯属偶然，此乃后话。

■丘吉尔庄园布兰姆宫主楼

历史的沉思

约翰·丘吉尔（John Churchill, 1650—1722）是温斯顿·丘吉尔先辈中的翘楚，其辉煌业绩、显赫身世甚至不亚于温斯顿·丘吉尔。约翰·丘吉尔曾任英国军队总司令，被英国安妮女王封为马尔巴罗公爵。1704年8月，约翰·丘吉尔率领英军在布兰姆大败法国军队，英国举国欢庆。约翰·丘吉尔的妻子萨拉，又是安妮女王的闺中密友，所以约翰·丘吉尔深得安妮女王信任，权重一时。安妮女王降旨，把牛津附近数百公顷的皇家猎场赐予了约翰·丘吉尔建造私邸。这便是丘吉尔庄园的由来。

丘吉尔庄园于1705年开始修建，由英国议会拨款修建。女王要求以高质量建造丘吉尔庄园，她表示，英国能在战场上打败法国，在建筑方面也应高出法国一筹。言外之意，就是要丘吉尔庄园超越法国的凡尔赛宫。从1682年至1789年，凡尔赛宫作为法兰西王宫，长达107年。安妮女王把丘吉尔庄园的中心建筑命名为布兰姆宫，用以表彰、纪念约翰·丘吉尔在布兰姆战役战胜法军所建立的丰功。

尽管安妮女王如此看重约翰·丘吉尔，可是议会不买账。安妮女王批准给约翰·丘吉尔建造庄园的资金在拨了一部分之后，没有全部到位。所以丘吉尔庄园建到半

■ 丘吉尔庄园布兰姆宫的雕像

途，在 1712 年不得不停工。1714 年 8 月 1 日安妮女王去世之后，议会更是不给丘吉尔庄园拨款。约翰·丘吉尔和夫人用自己的钱终于完成庄园的修建工作。所以丘吉尔庄园前后花费 17 年时间才全部竣工。不过在全部竣工时，约翰·丘吉尔已经离开人世。

至今，在丘吉尔庄园东门，仍可以看见这样的碑文："在慷慨的君主幸运之光照耀下，这所房屋建给约翰·马尔巴罗公爵及其夫人萨拉，由温布勒先生在 1705 年到 1722 年建成。伍德斯托克的王室荣誉称号及该建筑物均由女王陛下安妮赐给，并经议会所确认。"

丘吉尔庄园毕竟是由议会拨"公款"建造（虽说建造款没有全部到位）供约翰·丘吉尔居住，约翰·丘吉尔应当缴纳房租。安妮女王生前一锤定音：丘吉尔庄园供约翰·丘吉尔及其后人永久居住。丘吉尔庄园每年向君主送交一面布兰姆战役中的英军战旗，就算是那一年的房租。就这样，丘吉尔庄园至今仍每年都向英国君主送交一面布兰姆战役中的英军战旗，而约翰·丘吉尔的后裔如今仍居住在丘吉尔庄园里。虽说一面战旗抵消了巨额的房租，丘吉尔庄园那庞大的维修费用也成为约翰·丘吉尔的后裔们沉重的负担。如今约翰·丘吉尔的后裔住在布兰姆宫的一角，而把庄园以及布兰姆宫大部向游人开放，把门票收入作为维修费用。

步入布兰姆宫细细参观，发现这里装饰之华丽，不亚于伊丽莎白二世居住的温莎城堡。只是这里跟温莎城堡一样，在室内不允许拍照。走进布兰姆宫的大厅，我的目光被覆盖了整个天花板的巨幅油画所震撼。那是画家詹姆斯·桑希尔于 1716 年精心绘制的，展现了约翰·丘吉尔在布兰姆指挥英军战胜

■ 丘吉尔庄园门内有门

历史的沉思

15

法军的历史性胜利。这大约就是布兰姆宫的主题所在。大厅里铺着厚厚的波斯地毯。

在布兰姆宫最显眼的位置，安放着女王安妮和约翰·丘吉尔的雕像。此外，还有许许多多约翰·丘吉尔家族的油画。

布兰姆宫的餐厅里，那长方形的餐桌上放着闪耀着金色光芒的刀叉以及来自中国的瓷盘、瓷碗。其实，在布兰姆宫的每一个房间里，差不多都能见到中国瓷花瓶以及中国的古董。

我很有兴趣参观布兰姆宫的图书馆，那是一间55米长的房间，据说最初被设计为画廊，后来改为图书馆。这个长廊式的房间的两壁，全是书柜，放着一大排一大排精装的书籍，不知是作为装饰品，还是真的有人在那里一本又一本地阅读。长廊的尽头安放着一架巨大的管风琴，那倒不是摆设，一位乐师正为参观者用管风琴演奏乐曲。

在布兰姆宫，我看见一辆"老爷车"徐徐而来，上面坐着穿黑色西装的新郎和穿白色婚纱的新娘。他们是借布兰姆宫的一个大厅举行婚礼。对于约翰·丘吉尔的后裔们来说，反正那个大厅也正空着，多收一点租借费也是不错的。所以这里经常有伦敦人赶来举行婚礼。

在布兰姆宫中漫步，我所关注的是温斯顿·丘吉尔在这座"大宅院"里留下的踪迹。经过布兰姆宫的解说员说明，我方知道丘吉尔庄园跟温斯顿·丘吉尔有四点关系。

其一，温斯顿·丘吉尔是约翰·丘吉尔的众多后裔之一。约翰·丘吉尔被安妮女王封为马尔巴罗公爵，这公爵是世袭的。温斯顿·丘吉尔的父亲伦道夫·丘吉尔是马尔巴罗公爵七世的第三个儿子。由于是第三个儿子，所以没有享受公爵的继承权，也没有享受丘吉尔庄园的继承权。不过伦道夫·丘吉尔凭借自己的努力，曾担任过内阁中仅次于首相的财政大臣，并得到勋爵的爵位。

其二，温斯顿·丘吉尔出生在丘吉尔庄园，这可以说是温斯顿·丘吉尔与丘吉尔庄园最重要的关系。温斯顿·丘吉尔的母亲珍妮·杰罗姆是美国百万富翁、《纽约时报》股东之一的伦纳德·杰罗姆的女儿，她并不住在丘吉尔庄园。她是在来丘吉尔庄园做客时，1874年11月30日因早产在丘吉尔庄园生下温斯顿·丘吉尔。这时，距离丘吉尔庄园在1722年落成，已经152年。温斯顿·丘吉尔的出生处，是布兰姆宫一层西边靠近大厅的不足20平方米的更衣室。自从温斯顿·丘吉尔成了英国的大人物，那个更衣室也就重新装修成一间很体面的房间，放上那张《愤怒的丘吉尔》照片以及温斯顿·丘吉尔的手稿，并挂上温斯顿·丘吉尔出生地的牌子，成为丘吉尔庄园最值得骄傲的地方。

其三，丘吉尔庄园湖边植物园里一座精致典雅的小神庙，据传是温斯顿·丘吉尔的定情之处。那时候，温斯顿·丘吉尔已经是英国的海军大臣，而他的未婚妻是出身贵族却家境贫寒的克莱门蒂娜·霍齐尔（1885—1977）。温斯顿·丘吉尔和未婚妻来丘吉尔庄园休假。一天他俩正在散步时，遇上阵雨，便在小神庙避雨。小神庙在雨中显得格外安谧。就在这个时候，温斯顿·丘吉尔向未婚妻表达求婚之意。后来克莱门蒂娜回忆说，我跟温斯顿并排坐在那条石头的长椅上。我看到地上一只小甲虫在爬，我就对自己暗说，如果它爬到那条墙缝处，温斯顿还不求婚，那他肯定永远不会向我求婚了……结果当然是皆大欢喜！1908 年 9 月 2 日，温斯顿·丘吉尔和克莱门蒂娜·霍齐尔举行婚礼，1400 人出席婚礼表示祝贺。

其四，丘吉尔庄园是温斯顿·丘吉尔生命的终点。世上的事如此巧合的不多，莎士比亚的逝日与生日同日，而温斯顿·丘吉尔与他的父亲的逝日相同——温斯顿·丘吉尔因中风在 1965 年 1 月 24 日病逝，活了 91 岁，而他的父亲在 70 年前的 1 月 24 日去世。温斯顿·丘吉尔去世之后，英国政府为他

■ 丘吉尔庄园中的石桥

历史的沉思

举行了国葬。按照温斯顿·丘吉尔显赫的地位，理应安葬在伦敦威斯敏斯特大教堂。然而温斯顿·丘吉尔却宁愿长眠在丘吉尔庄园的布雷顿教堂家族公墓中，葬在他的父母亲墓旁。12 年之后，温斯顿·丘吉尔的妻子离世，与温斯顿·丘吉尔合葬在那里。

也就是说，丘吉尔庄园虽然不是温斯顿·丘吉尔的故居，却与温斯顿·丘吉尔休戚相关。

温斯顿·丘吉尔是一位极具传奇色彩的人物。

温斯顿·丘吉尔第一次引起公众注意，是在 1899 年。25 岁的丘吉尔作为随军记者，到南非采访英布战争——英国同荷兰移民后裔布尔人为争夺南非领土和地下资源而进行的一场战争。1899 年 9 月，丘吉尔被布尔人所俘虏。1899 年 12 月，丘吉尔冒着极大的风险，机智而又勇敢地独自越狱成功，逃到了洛伦索·马贵斯（今莫桑比克首都马普托）的英国领事馆。消息传到英国，丘吉尔一时间成了新闻人物。丘吉尔竟然因此步入英国政坛。1900 年 7 月，丘吉尔从南非回到英国，10 月便当选为奥德姆地区的保守党议员。

丘吉尔在英国政坛上时浮时沉，先后在英国内阁担任海军大臣、商务大臣、军需大臣、陆军大臣兼空军大臣、殖民地事务大臣、财政大臣，使他在政治上得到历练。

丘吉尔对于英国作出重大贡献，是在第二次世界大战期间。希特勒在德国上台后，当时英国首相张伯伦对希特勒一味妥协、退让，寄托不切实际的幻想。这时丘吉尔一针见血地指出希特勒的侵略本性，认为对希特勒必须警惕。一时间，在英国出现以张伯伦为首的"主和派"和以丘吉尔为首的"主战派"。1938 年 9 月 15 日，张伯伦甚至亲自访问慕尼黑，与希特勒握手。

1939 年 9 月 1 日拂晓，德军大举入侵波兰。9 月 3 日，英国和法国对德国宣战，第二次世界大战正式爆发。事实证明丘吉尔的远见卓识，穿透了希特勒散布的迷雾。张伯伦只得向国王提出辞呈，并建议由丘吉尔组阁。1940 年 5 月 10 日下午 6 时，国王召见丘吉尔，令其组阁。从此丘吉尔出任英国战时首相。3 天之后，丘吉尔首次以首相身份出席下议院会议，发表了著名的讲话："我没有别的，只有热血、辛劳、眼泪和汗水献给大家……你们问：我们的目的是什么？我可以用一个词来答复：胜利，不惜一切代价去争取胜利，无论多么恐怖也要争取胜利，无论道路多么遥远艰难，也要争取胜利，因为没有胜利就无法生存。"下议院最终以 381 票对 0 票的绝对优势表明了对丘吉尔首相的绝对支持。

在纳粹德国一举吞并英吉利海峡对岸的法国的时候，丘吉尔首相领导英国人民坚决抗击德国法西斯，成为在第二次世界大战中叱咤风云并成为决定世界命运的"三巨头"之一，即美国总统罗斯福、英国首相丘吉尔和苏联部长会议主席斯大林。丘吉尔领导英国人民取得了抗击德国法西斯的历史性胜利，赢得极其崇高的威望。

丘吉尔在1940—1945年及1951—1955年期间两度任英国首相，被认为是20世纪世界最重要的政治领袖之一。

出人意料的是，丘吉尔竟然在1953年获得诺贝尔文学奖，获奖作品是他六卷本的《第二次世界大战回忆录》。记者出身的丘吉尔擅长写作，著有《第一次世界大战回忆录》、《第二次世界大战回忆录》、《马拉坎德野战军纪实》、《河上的战争》、《伦道夫·丘吉尔勋爵传》、《英语民族史》等多部纪实文学作品、史著以及小说《萨伏罗拉》。他一生中写出了26部共45卷（本）专著。他同时又是一个煽动力极强的演说家。瑞典文学院在授予他诺贝尔文学奖时，S. 席瓦兹院士在颁奖词中说，"丘吉尔在政治上和文学上的成就如此之大……此前从未有过一位领袖人物能两样兼备而且如此杰出。"

其实丘吉尔还非常喜欢绘画，年轻时曾有多幅画作在拍卖会上被买走。

丘吉尔的癖好是抽雪茄。除了那幅《愤怒的丘吉尔》的照片手上没有雪茄（被摄影师突然拿掉）之外，丘吉尔的每张照片之中手里总是拿着雪茄。通常，丘吉尔一天要抽掉12支雪茄。如果一支雪茄抽45分钟，那么抽12支雪茄就要9个小时。有人估计，丘吉尔一生总共抽掉25万支雪茄，总重3000千克，如果把这些雪茄一支一支接起来，长度可达到46千米！

蒙哥马利将军碰到丘吉尔的时候曾经自负地说：我不喝酒，不吸烟，睡眠充足，这就是我为什么能保持百分之百完美体形的秘诀。丘吉尔反驳道：我喝酒很多，睡眠很少，不停地抽烟，这就是我为什么能保持百分之两百超完美体形的秘诀！

1965年，丘吉尔以91岁的高龄逝世。他的侍从发现他逝世时手中还夹着一支雪茄。

丘吉尔去世之后，就连他政治上的对手也说："丘吉尔是大家一致认为永远不能成为首相的人，可是他同样也是在这危急关头获得大家一致欢迎，认为是唯一可能出任领袖的人"；"人们不能不喜欢他，他的才能与朝气是无与伦比的。"

其实对于丘吉尔最简洁的评价是他的母亲临死时所说的一句话："我这一

历史的沉思

■ 丘吉尔庄园内居然养着羊群

生没有什么遗憾：我为英国生下了丘吉尔！"

　　行走于丘吉尔庄园的布兰姆宫，我发现，尽管这里不是温斯顿·丘吉尔的故居，但挂着温斯顿·丘吉尔的许多照片。不言而喻，丘吉尔家族以温斯顿·丘吉尔为荣。

　　走出布兰姆宫，我很想乘坐小火车在丘吉尔庄园兜一圈，但是小火车刚开走，而下一班要等半小时。正好布兰姆宫前有一辆电瓶车，我和妻花7英镑买了票上了电瓶车，在博大的丘吉尔庄园中漫游。

　　满目苍翠，丘吉尔庄园的"基本色"是绿色。参天撩云巨树之下，是嫩绿的小草。我惊奇地发现，一只只牛津绵羊如同一朵朵白云，在宽广的草坪上自由自在地生活。园中有湖，湖面似镜。一座座匍匐在水面的石桥，连同水中的倒影，看上去像长圆形的海参。远处高大的纪念碑，是为纪念布兰姆战役的胜利而建的。

　　每到景色最佳处，电瓶车司机总是停下车，让我下车细细赏景、拍照。丘吉尔庄园是牛津的明珠，是英国的名胜。恬静的田园生活，原来并不只是"采菊东篱下"的陶渊明喜欢，英国的王公贵族也喜爱。

莫斯科红场今昔

红场是我向往已久的地方。

在我6岁的时候，也就是1946年，父亲带我去电影院。那是我平生第一次看电影，所以印象特别深。记得片名叫《苏联之光》，是一部苏联的纪录片，斯大林在红场检阅红军，整齐的方阵像刀切似的，一块块从红场上移过。那是我第一次从银幕上见到红场。

后来我明白，红场就是苏联的象征。

在"文化大革命"中，一张摄于红场上的照片，曾经给我带来"麻烦"。当时我被作为"文艺黑线干将"而遭到抄家，在所抄去的照片中，发现一张摄于红场上的照片。那时候，中苏关系处于敌对之中，谁跟苏联有联系就会被怀疑为"苏修特务"、"里通外国"。

我怎么会有一张摄于红场上的照片呢？那是我从北京大学毕业时，我的导师李安模先生赠给我的。他曾经留学苏联，所以在红场上拍了照片。

多年以后，我终于来到红场。

红场长700米，宽130米，总面积9万多平方米，是莫斯科的中央广场。红场上铺着方形小石块。欧洲许多建于中世纪的广场以及马路，也都铺这种方形小石块。

红场，我原以为是苏联十月革命之后取的名字。因为红色象征革命，苏联的军队不就叫"红军"嘛。

后来又听说，由于红场旁边的克里姆林宫的外墙、塔楼是红棕色的，所以

■ 克里姆林宫的钟楼

把这个广场叫做红场。

这一回，我才明白，原来红场本来就是这个名字。红场的俄文是
"КРАСНАЯ ПЛОЩАДЬ"。"КРАСНАЯ"在俄文中有三种含义，一是红色
的，二是美丽的，三是明朗的。译成中文时，译成了红场。红场的英译名 Red
Square，这 Red 也是红色之意。

就历史而言，是先有克里姆林宫，后有红场。

在 15 世纪末，红场原本是克里姆林宫前的一个贸易市场。

到了 17 世纪，红场成了莫斯科的商业中心。

红场人来人往，非常热闹，而且又在克里姆林宫跟前，于是沙皇也就经常在这里发布命令，召集百姓大会，宣读重要诏书。后来，沙皇又把这里作为凯旋时阅兵的场所。这样一来，作为商业中心的红场也就披上了浓厚的政治色彩。于是，群众集会、示威游行之类的政治活动，也总是在红场上进行。

特别是1918年，布尔什维克把首都从圣彼得堡迁往莫斯科之后，红场成了具有浓重政治色彩的广场，成为各种大型庆典及阅兵活动的中心地点。

站在红场，有一种强烈的历史感。红场是俄罗斯历史的缩影。

红场，曾经有过多少次激烈的战斗，曾经有过多少次残酷的杀戮；

红场，曾经有过多少次示威游行，曾经有过多少次群众集会；

红场，曾经有过多少次壮丽的检阅，曾经有过多少首脑在这里招手，从沙皇到斯大林到赫鲁晓夫到叶利钦到普京……

红场是俄罗斯历史的见证。

尽管俄罗斯一次又一次改朝换代，红场依然还是红场。

彼得大帝曾一天之内，把1700多名叛变的火枪手，绞死或砍死在红场！

1917年11月7日，在圣彼得堡爆发了"十月革命"。在莫斯科，布尔什维克的赤卫军与沙皇禁卫军为了争夺克里姆林宫，鲜血染红了红场。

最令人难忘的是1941年11月7日，希特勒数十万大军已经逼近莫斯科城郊，德军从望远镜中已经能够看到克里姆林宫的尖顶和红星。斯大林居然在红场举行盛大的阅兵式，以纪念十月革命24周年，大大地鼓舞了苏联红军的士气。

1961年的一个深夜，赫鲁晓夫下令悄然从红场的列宁墓中移走斯大林遗体。

戈尔巴乔夫在红场发表演说，鼓吹他的"改革与新思维"。

叶利钦在红场接受群众的欢呼，庆贺他当选俄罗斯首任总统……

一部红场史，简直就是一部俄罗斯史。

举目四望，四周被古典而又华丽的建筑物包围着，我从各个不同的角度拍摄了红场。

红场西面是克里姆林宫的红墙。红墙左右两边，那尖顶的斯巴斯克塔楼和尼古拉塔楼是红场的象征，在电视、报刊上的曝光率是非常高的。

红场南面有一个平台，是红场上最古老的建筑，名叫"宣谕台"，是当年沙皇宣读诏书和判决书的断头台。

在宣谕台的后面，是圣瓦西里教堂。这座教堂建于1555—1561年。当时

历史的沉思

23

■ 红场上的圣瓦西里教堂

俄罗斯军队打败了鞑靼人，攻占了喀山和阿斯特拉罕。为了庆祝这次胜利，沙皇伊凡四世下令在红场边上建造一座"最美丽的教堂"。

果真，这座教堂造型非常别致，由8座高低不同的教堂错落有致地组合在一起。在这8座教堂之上，有9个色彩艳丽的"洋葱头"式的圆顶。可以说，这座教堂是俄罗斯最美丽的教堂。

然而，令人震惊的是，在设计者完成了这座教堂的设计之后，沙皇伊凡四世竟然剜掉了教堂设计者的双目，为的是确保这座"最美丽的教堂"永远举世无双！

当时，有一个疯疯癫癫的无家可归者，名叫瓦西里·布拉任内，长年住在教堂里。他死于1588年，安葬在这里。不知什么原因，人们叫教堂为"瓦西里·布拉任内教堂"，一直流传至今，成了"圣瓦西里教堂"。

在1917年的十月革命之后，红场成了革命的广场。布尔什维克歧视东正教，圣瓦西里教堂就变得十分冷落。当然，倘若拆除或者炸毁这座"最美丽的教堂"，谁都下不了手。从1928年起，圣瓦西里教堂改为俄罗斯国家历史博物馆的分馆。

红场的北端，有一座红砖银顶的建筑，建于1847—1883年，那是俄罗斯国家历史博物馆。

■ 红场上的无名英雄烈士墓

　　博物馆前立着苏联卫国战争时期的英雄朱可夫元帅骑马的雕像，旁边是1967年建造的无名烈士墓，纪念在卫国战争中英勇牺牲的战士。在深红色大理石陵墓上，陈设着钢盔和军旗的青铜雕塑。墓碑上镌刻着一行铭文："你的名字无人知道，你的功勋永垂不朽"。陵墓前，燃着永不熄灭的火焰，以怀念那无数烈士。

　　红场的南面，是莫斯科最大的"国家百货商场"，叫做"古姆"（ГУМ），建于1890年，隔着红场与克里姆林宫遥遥相对。步入这家百货商场，仿佛进入了一条豪华的百货长廊。如今的"古姆"，80%以上是外资商店。所以在这里，各种外国名牌商品一应俱全。此外，也出售俄罗斯最有特色的传统商品，特别是皮毛制品。在"古姆"的二楼，有许多咖啡馆和快餐店，倒是歇脚、充饥的好场所。

　　红场上最著名的建筑，是位于西南方的列宁墓。

　　本来，在红场上是可以自由漫步的。如今，从列宁墓起一直到克里姆林宫红墙，都有一道铁栏杆。俄罗斯警察在那里巡逻。游人必须通过安全检查，才能前往列宁墓。

　　今日红场，仍是"美丽的广场"，只是与"红色"已经无缘了。就这个意义上讲，今日红场已经褪色了。

历史的沉思

25

"拜访"长眠的俄罗斯名人

在莫斯科红场上，我历数在那里见到的克里姆林宫主人们的陵墓：列宁、斯大林、勃列日涅夫、安德罗波夫、契尔年科，总共五位。

克里姆林宫的另三位主人还健在，那就是戈尔巴乔夫、叶利钦和普京。[①]

克里姆林宫的九位主人中，唯有赫鲁晓夫是个例外。在红场上，不见赫鲁晓夫之墓的踪影！

俄罗斯人开玩笑说，每天深夜，红场上都在开苏共中央政治局会议，别人都到了，唯独赫鲁晓夫缺席！

赫鲁晓夫死后，葬到哪里去了呢？

在莫斯科南郊，有一座美丽的女修道院，名叫"新圣女修道院"（又叫"新圣母修道院"、"新处女修道院"）。修道院里，有两座引人注目的建筑物：一座是用红砖砌成的大教堂，叫做"中央斯摩棱斯克大教堂"，建于1525年；另一座是同样用红砖砌成的钟楼，建于1690年。

这座女修道院的女修士们，大都是来自皇室家族的女贵族。正因为这样，这里的女修士不多，环境格外幽雅。

彼得大帝同父异母的姐姐索菲娅也曾经是这里的女修士。不过，她不是出于自愿来到这里修身养性，而是因为涉嫌叛乱，被囚禁在这里一个单独的小屋。

彼得大帝是在1682年登基的，那时候他才10岁！

---

① 本文写于2001年，其时，俄罗斯联邦第五届总统梅德韦杰夫尚未入主克里姆林宫。

趁彼得年幼，姐姐索菲娅篡权，执掌朝政。索菲娅把彼得以及彼得的母亲赶到莫斯科郊外。

7年之后，17岁的彼得长大了，懂事了，无法容忍索菲娅篡权。在1689年8月，索菲娅发动兵变，企图废掉彼得，但是彼得战胜了索菲娅，把她送进新圣女修道院！

索菲娅并不死心。8年之后，趁彼得大帝到欧洲考察，索菲娅再度策划兵变，要自立为沙皇。彼得大帝从欧洲赶回莫斯科，粉碎了叛乱，处死了1000多人。索菲娅不得不被押回新圣女修道院，直到在这里结束她的一生。

新圣女修道院坐落在河边，粼粼水波上倒映着丛丛绿树和红墙金顶的教堂、钟楼，犹如世外桃源。

这个安静的所在，却不时被汽车的隆隆声所骚扰。人们从莫斯科市区赶往这里，并不是为了去参观新圣女修道院，而是前往这里的公墓。

新圣女公墓名闻遐迩，是因为这里是许多苏联、俄罗斯名人的长眠之地。赫鲁晓夫便是其中的名人之一。

大约正是因为这里名人荟萃，慕名而来的游客络绎不绝，这家公墓也就与众不同，要买门票才能入内。

更为奇特的是，售票处居然还出售公墓"地图"，上面标明一座座名人之墓的号码和位置！

那公墓的编号，犹如地址。比如，果戈理的墓在第2-12-21，契诃夫墓

历史的沉思

27

在第 2-15-23，而马雅可夫斯基在第 1-14-11。

公墓的大门、围墙，全部用红砖砌成，跟新圣女修道院那红砖砌成的教堂、钟楼，浑然一体。

步入公墓，见到几条平行的道路，道路两侧古木参天，道路与道路之间便是一片片墓地。

那天正下着大雨，公墓里显得益发静谧。雨水洗净每一片树叶，也洗净了每一座墓碑。

这是一座高档次的公墓。在每一座墓前，差不多都竖立着墓主的雕像，把墓主最具代表性的风姿凝固下来。或全身，或半身，或头像；或青铜，或大理石，而大理石又有白色、红色、咖啡色、黑色。造型别致，形态各异。所以，在我的眼里，这座公墓成了艺术公园，文化公园，历史公园，名人公园。

首先映入我眼帘的是一座一人多高雪白的大理石浮雕，一望而知是翩翩起舞的小天鹅。这是一座新墓，为俄罗斯著名芭蕾舞女演员乌兰诺娃而建造。那洁白无瑕的白天鹅，正是乌兰诺娃艺术生涯最精彩的写照。

紧挨着乌兰诺娃墓地，是一尊坐在那里的青铜塑像。那人歪戴着帽子，双眼露出幽默的目光。那是俄罗斯著名的马戏团团长尼古林的长眠之处。

■乌兰诺娃墓前的芭蕾雕像　　■马戏演员墓前的雕像

我慢慢在水湿的墓间小道上漫步。一尊尊面孔熟悉的塑像，令我的脑际闪过一部部读过的名著：

果戈理塑像上那尖尖的鼻子，令我想起辛辣的《钦差大臣》；

自杀而亡、眉间留着深深的"川"字纹的马雅可夫斯基塑像，使我记起他那昂扬的楼梯式诗句；

望着消瘦的奥斯特洛夫斯基浮雕像，我的脑海中浮现出《钢铁是怎样炼成的》中关于生命应当怎样度过的名句；

面对法捷耶夫的塑像，我记起在中学时代就拜读过的《青年近卫军》；

■苏联女英雄卓娅的墓

只是契诃夫的墓上没有塑像，我是从那座乡间别墅状的墓碑上见到他的大名，才知道这位俄罗斯的大文豪安眠于此，他的《套中人》、《变色龙》，我不止读过一遍……

在这里能够"会晤"那么多俄罗斯的文学大师，使我深为荣幸。

我注意到墓碑上图波列夫的大名。我在俄罗斯乘坐的"图"式飞机，就出自这位俄罗斯航空之父。

见到柴可夫斯基的墓，耳际仿佛响起那雄浑的交响乐。

见到苏联女英雄卓娅的塑像，眼前闪现着第二次世界大战的硝烟。

这里还安葬着沙皇彼得大帝的妻子以及那位死于新圣女修道院的彼得大帝的姐姐索菲娅。

在这名人公墓之中，3位女名人的墓引起我的注意。

第一位名女人是曾经与列宁有着亲密关系的印涅萨·阿曼德。

印涅萨·阿曼德1874年出生于法国巴黎，后来被在俄国给贵族教法文的姑妈领养，在俄国长大。她聪明美貌，会说五国语言，弹得一手好钢琴。

1910年阿曼德和列宁在巴黎相遇，非常默契。他们一起在法国、波兰和德国流亡。1912年列宁还派遣阿曼德回俄国从事秘密工作。1914年7月派她作为自己的代表出席在布鲁塞尔举行的第二国际执委会会议。

历史的沉思

29

阿曼德死于1920年。据苏联女革命家柯伦泰回忆，在参加她的葬礼时，伤心过度的列宁看上去几乎要昏厥。

列宁与阿曼德的关系一直被苏联作为国家机密而严格保密。安葬于新圣女公墓的阿曼德，也一直过着平静的日子。

直到苏联解体，阿曼德与列宁的关系才广为人知。于是，阿曼德的墓，总有知道内情的人前来观看——尽管墓碑上只写着"印涅萨·阿曼德"而已。

第二位名女人是斯大林夫人阿利卢耶娃。

在阿利卢耶娃的墓上，竖立着一块3米多高的白色大理石墓碑。墓碑上方是漂亮而年轻的阿利卢耶娃的头像，双手扶肩，两眼中流露出淡淡的哀愁。

墓碑下方简单地刻着：

娜杰日塔·谢尔盖耶夫娜·阿利卢耶娃－斯大林娜
联共（布）党员
1901年9月9日~1932年11月9日
约·维·斯大林敬立

墓碑表明，阿利卢耶娃离开人世之时，年仅31岁！

墓碑还表明，阿利卢耶娃离开人世之日，是在十月革命15周年纪念日的第二天！

我注意到，在公墓之中，唯有阿利卢耶娃的头像是用一个方形的透明的有机玻璃罩保护起来。采取这样的措施，是因为前几年有人把阿利卢耶娃头像上的鼻子敲掉了。公墓管理人员除了请人修复了塑像之外，连忙采取保护措施，以防类似情况再度发生。如果仔细地看，可以看出阿利卢耶娃鼻尖上所补的那一小块大理石与整个头像有明显的色差。

在苏联解体之后，常有斯大林塑像被人敲掉鼻子的报道。在莫斯科河畔的"雕塑公园"，我就亲眼见到一尊斯大林全身塑像被敲掉了鼻子。不言而喻，那是人们对于斯大林"大清洗"的愤怒的表示。

然而，憎恨斯大林的人迁怒于斯大林夫人阿利卢耶娃，则表明了他们对于苏联历史的无知，因为阿利卢耶娃本人是遭到摧残，在31岁时死于枪杀！

阿利卢耶娃是斯大林的第二位夫人。

斯大林的第一位夫人斯瓦尼泽，早在十月革命前已经逝世。

阿利卢耶娃是斯大林老战友阿利卢耶夫的女儿。他们都是格鲁吉亚人。十月革命初期，斯大林孤身一人，曾在彼得格勒这位老朋友家中借住，认识了阿利卢耶娃。

那是在十月革命胜利后的第三年，即1919年，39岁的斯大林与不满18岁的阿利卢耶娃成婚。

由于阿利卢耶娃那么年轻，很少在公开场合露面，所以当时的苏联普通百姓不怎么知道她。

她的名字出现在《真理报》上，是在她死后。当时，《真理报》报道说，斯大林夫人阿利卢耶娃因患阑尾炎手术失败而去世。

11月11日，莫斯科红场设置阿利卢耶娃灵堂，举行遗体告别仪式。成千上万的莫斯科市民这才目睹了阿利卢耶娃的遗容。

■ 斯大林夫人墓前的雕像被用罩子罩起来，以防再度被敲坏

其实，说阿利卢耶娃"因患阑尾炎手术失败而去世"是难以令人置信的。因为在她去世前夕，即1932年11月8日，她曾经出现在庆祝十月革命胜利15周年的音乐会的观众席上，怎么可能一下子就"因患阑尾炎手术失败而去世"呢？

关于阿利卢耶娃之死，在那种年月，被严格封锁，谁也无法知道真相。直到苏联解体之后，当年斯大林身边的警卫这才透露，阿利卢耶娃是倒地而死，身边有一把手枪。

据当年担任苏联外交部长的莫洛托夫的夫人回忆，11月8日，斯大林与夫人阿利卢耶娃一起在沃罗什洛夫家做客，两人出门时发生激烈争吵，最后吵着走进了办公室，不一会儿，里面响起了枪声。但究竟是谁扣动了扳机只有上帝知道。

传说阿利卢耶娃留下了遗书，但是谁都没有看到——如果有的话，也只有斯大林看过。

阿利卢耶娃究竟是自杀还是他杀？至今没有定论，而她死于枪杀这是确凿无疑的。

天真活泼的阿利卢耶娃，本来就与生性多疑的斯大林有着多次冲突。在1929年，经过她的力争，斯大林终于同意她到莫斯科工业学院学习纺织专业。在保安人员严密保护下，阿利卢耶娃改名换姓，以一个普通学生的身份进入学校。

非常凑巧的是，在同期学员之中，有来自乌克兰的赫鲁晓夫！

阿利卢耶娃在老师、同学那里听到了许多批评苏联社会甚至批评斯大林的言论，听说乌克兰因饥荒而人吃人的情况，这是她过去在克里姆林宫里从未听到过的。她回家向斯大林诉说这些事情，斯大林大怒，不许她再去这所学校上学，甚至还派人清查这所学校……

就这样，在不久之后，阿利卢耶娃结束了她年轻的生命。

阿利卢耶娃死后，苏联许多雕塑家送上了阿利卢耶娃墓碑设计方案。斯大林亲自选定了著名雕塑家沙德尔的方案。墓碑由白色大理石制成，阿利卢耶娃双手交织着平放在肩头，意为阿利卢耶娃亲手安排自己的命运，自愿辞世……

阿利卢耶娃曾生下一男一女。儿子在苏联卫国战争中被德军俘获，死于法西斯的集中营。

女儿斯韦特兰娜后来曾叛逃美国，她曾经这样谈及自己的母亲：

"如果她没有死，那么她以后的命运会是如何呢？不会有什么好的结果。早晚她会成为父亲的政敌。当她看到她最好的老朋友，如布哈林、叶努基泽、雷登斯、斯瓦尼泽夫妇都一一死去，她决不会沉默。她绝对熬不过去。也许命运赐予她死亡，使她免于遭到等待她的更大的不幸吧？！"

斯韦特兰娜提到的布哈林，是人所共知的富有才华的布尔什维克理论家，被斯大林迫害而死；

叶努基泽是阿利卢耶娃的义父，老布尔什维克，在"大清洗"运动中也遭毒手；

雷登斯是阿利卢耶娃的姐夫，在"大清洗"运动中被处决。阿利卢耶娃的姐姐安娜，也以"间谍"罪名被捕下狱。

斯瓦尼泽夫妇是斯大林前妻的兄嫂。他们也在"大清洗"运动中被捕，丈夫被处决，妻子死于狱中。

第三位名女人是戈尔巴乔夫的夫人赖沙。赖沙的墓上竖立着一位少女的青铜全身像。据说，这位少女并不是赖沙，而是象征着青春永驻。戈尔巴乔夫用这样特殊的方式，表达对夫人的永久怀念。

赖莎原是莫斯科大学马克思主义理论专业副教授。这位颇有风度而又有相当理论修养的第一夫人，曾经与戈尔巴乔夫一起活跃于国际政治舞台。她虽然知道自己身患癌症，却投身到世界防癌抗癌运动的行列。

1999 年 9 月 20 日，从德国发出一条简短的消息：

"戈尔巴乔夫夫人赖莎因患白血病不幸病逝在德国。前苏联第一夫人赖莎·戈尔巴乔夫因白血球过多引发并发症，今天上午在德国曼斯特的一家医院去世，享年 67 岁。"

接着，又有连续报道：

"21 日傍晚，赖莎的遗

■戈尔巴乔夫夫人赖莎墓前的少女青铜塑像

体被空运回莫斯科的伏努科沃机场，飞机是由俄罗斯政府根据叶利钦总统的命令专门为她提供的。"

"23 日，赖莎的葬礼在莫斯科举行。她的遗体被安葬在莫斯科新圣女公墓，参加葬礼的有戈尔巴乔夫、叶利钦夫人、俄前总理普里马科夫和戈尔巴乔夫一家的亲朋好友等数十人。"

面对爱妻的离去，戈尔巴乔夫说了一句发自内心深处的话："在这个年纪分离，真是太难以忍受了！"

俄罗斯《共同报》记者采访这位苏联前总统，戈尔巴乔夫深情地回忆了他们大学时代由相识到结为伉俪，相濡以沫度过四十多个风风雨雨的岁月。戈尔巴乔夫先是说起他跟赖莎的认识过程：

记者问：您是在什么地方，又是怎样认识赖莎的？

在舞会上。50 年代初，我俩同在莫斯科大学学习。当时我们这些

33

学生普遍喜欢跳交谊舞。有一天，我正在宿舍学习，我同班同学利别尔曼兴冲冲地跑来对我说："舞会上有个姑娘真漂亮啊！"我漫不经心地答道："得啦，这有什么稀奇的，咱们学校漂亮妞儿还少吗……"可利别尔曼还是缠着我不放，非要叫我去看看不可。为了摆脱他的纠缠，我只好说："好吧，待做完作业以后，我去瞅一瞅。"做完作业之后，我就去了……于是，我在舞会上第一次见到了赖莎。

记者问：您对赖莎最初的印象如何？

这实在难以用语言表达。反正一句话，她立刻把我深深地吸引住了，这就决定了后来的一切。这次舞会后，赖莎曾到我宿舍来过一次。我傻乎乎地开始对她滔滔不绝地说话，甚至还忙不迭地把身份证掏出来给她看，连连解释说我是哪年生人，家住何方。我生在农村，卫国战争期间，我中学辍学，在家乡劳动过一阵子，后又到农机站当过农机手的助手。

记者问：你们第一次跳的是什么舞？

当时我没同她跳舞。这之后我俩很少见面。偶尔碰见也不过是互相点点头打打招呼而已。

后来有天晚上，我去大学俱乐部看演出。俱乐部里人头攒动，我费好大劲才挤到前几排，突然我同赖莎的目光相遇了。她冷不丁地问我："您在找座位么？您坐我这儿吧，我要出去了。"我分明觉得她此时郁郁不乐，而这种坏心情也影响了我。于是，我也没心思看节目了，自告奋勇要去送她。当时她没给我解释她为什么心境不佳，就回她的宿舍去了。她在哲学系学习，我在法律系。但幸好我们住得很近。后来，我们相爱了。足有半年光景，我们俩常常并肩而行，那时我真是循规蹈矩，最多我只拉拉她的手。此后整个一生，我俩都是这样形影相随。

记者问起赖莎成为第一夫人后，人们对她的衣着打扮有种种议论和传言。戈尔巴乔夫答道：

问题总是有的。身为总书记和总统夫人，她出入总不能一成不变地老是穿一套衣服吧。应当经常换衣服，这就需要去买，可我们的钱并不多。就算你房子和别墅都白住，出入坐车也无需自己掏腰包，但穿的衣服总得拿钱去买吧——这就是难题。因此，赖莎常常把自己过去的衣服送到寄卖店去。我们往往是把旧衣服卖了之后再去做新的。可人们总是以为赖莎的衣服多得不得了，说她像女皇那样，衣服成百上千件。这完全是无稽之谈。

赖莎有独特而又敏锐的美感，很注重自己的服饰。我很喜欢她这样。

记者问：妻子从丈夫背后走到前台亮相这在我国是个历史性的变化。是她希望进行这种改变呢，还是你们一起作出这一决定的？

她不止一次地问我："喂，我应当以什么姿态出现？"我说咱们没什么可改变的。咱们都是过来人早已定型了，索性就按老习惯维持原样吧。可不晓得为什么，这也引起了非议。

记者问：据说赖莎一下子把伦敦好几家商店的东西都买完了？

她在那儿压根儿什么都不曾买。为纪念那次的伦敦之行，她仅仅买了一副很小很小的耳环。您一看这耳环，一定会觉得好笑的。

戈尔巴乔夫说起了赖莎临终前的最后几天：

赖莎在曼斯特一共住了 56 天医院，我和女儿日复一日地守在她的身边，尽心护理她。9 月 12 日，由于血液循环发生障碍，她曾一度休克，自此病情更急剧恶化。临终那天，我和伊莲娜在她病榻前整整守候了 7 个钟头，但她已经昏迷不醒，再也不能和我们说话了。

现在给你说说我昨夜做的梦吧……昨天夜里，赖莎突然打来电话，我拿起话筒，只听见她亲切地说："你好！"我急忙问："你这是打哪儿来？"我话音未落，她"咔哒"一声就把电话挂断了。我恍然醒来，再也未能入睡。这就是我同她的最后一次谈话。

据说，戈尔巴乔夫在赖沙墓旁，已经给自己预留了墓地。这位苏共中央总书记跟赫鲁晓夫一样，不愿葬在那热闹非凡的红场，只愿在这安静的公墓里憩息。

出乎意料的是，在新圣女公墓，我见到了竖立着黑色大理石塑像的王明之墓。王明早年留学苏联。回国后，在 1931 年 1 月召开的中共六届四中全会，掌握了中共中央实际领导权，形成一条"左倾"路线。在 1935 年 1 月召开的遵义会议上，确立了毛泽东在中国共产党内的领导地位。王明后来长期担任中国共产党驻共产国际代表团团长，返回延安之后，曾经企图凌驾于毛泽东之

历史的沉思

■ 叶利钦的墓是一面飘扬的俄罗斯国旗

上。1956年，王明借口前往苏联治病，从此滞留苏联。1974年病逝于莫斯科。

在离王明墓地不远处，我见到王明夫人孟庆树的墓。她的墓上，只有一块墓碑，上面嵌着她的照片，没有塑像。

（附记：本文作于2001年，2012年6月笔者再赴俄罗斯，这一回在新圣女公墓，见到了2007年去世的叶利钦的墓。）

鲜血凝成的朝中友谊塔

　　访问朝鲜的中国宾客，几乎都要前往平壤牡丹峰西北麓的山冈上，向朝中友谊塔献花。中国的领导人访问朝鲜，从周恩来总理到华国锋、邓小平、江泽民、胡锦涛，无一不到这里献花——因为朝中友谊塔是用中朝两国人民的鲜血凝成的。

　　朝中友谊塔的造型十分朴素大方，塔身是长方柱形，镶着三个黄铜馏金朝文大字"友谊塔"，每个字重 40 千克。顶上是一个圆环，环里是一颗金星。金星重 500 千克。就建筑风格而言，朝中友谊塔是融中国石塔和朝鲜石塔为一体。

　　朝中友谊塔总占地面积 12 万平方米，塔高 30 米，塔身用 1025 块花岗岩和大理石砌成，象征着中国人民志愿军赴朝参战纪念日——10 月 25 日，因为建造朝中友谊塔是为了纪念用鲜血和生命援助朝鲜人民进行抗美援朝战争而牺牲的中国人民志愿军烈士们。在入朝作战的 120 万名中国人民志愿军中，30 万名将士牺牲在朝鲜战场。

　　朝鲜停战后，中朝两国一再提出从朝鲜半岛撤出一切外国军队的建议，均遭美方拒绝。1958 年 2 月 5 日，朝鲜政府发表声明，要求从南北朝鲜同时撤出一切外国军队。中国政府支持朝鲜的和平建议，准备与朝鲜磋商撤军一事。1958 年 2 月 14 日，周恩来总理率中国政府代表团访问朝鲜。中国政府决定在1958 年年底以前中国人民志愿军分三批全部撤出朝鲜。为了纪念中国人民志愿军赴朝作战，金日成将军提议建造朝中友谊塔。就在这次访问朝鲜期间，周

■ 俯摄朝中友谊塔

恩来总理和金日成将军一起选定了朝中友谊塔的地点和式样。

　　1959 年 10 月 25 日，中国人民志愿军赴朝作战 9 周年纪念之际，朝中友谊塔落成。

　　朝中友谊塔最初塔高 20 米，在当时的平壤算是很高的建筑物了。后来，1982 年在平壤建成 170 米高的"主体思想"塔。也就在 1982 年，在朝中友谊塔跟前，建成了高度为 66 米的凯旋门。另外，在牡丹峰下，还建造了许多高层建筑。倘若朝中友谊塔不是建造在牡丹峰的山坡上，就会被"淹没"了。

　　我曾经登临牡丹峰顶，那里建造了 100 多米高的平壤广播电视塔。从电视塔上俯视，更显出朝中友谊塔的矮小。

　　于是，从 1983 年底至 1984 年 10 月，朝中友谊塔进行了扩建。扩建后的朝中友谊塔保持原来的样式，但是塔高由 20 米增至 30 米，塔周围的绿地由 5 万平方米扩大到 12 万平方米。

我是在傍晚时分前往朝中友谊塔的。在朝中友谊塔前的山坡上，见到卖花姑娘在卖鲜花，我理所当然地花10元人民币买了一束。鲜花似乎有点萎靡了。我把鲜花放到朝中友谊塔前，并行了三鞠躬——在朝鲜，在万寿台的金日成铜像前以及妙香山国际友谊展览馆的金日成蜡像前，导游领着游客鞠躬。出于礼貌，我鞠了一躬。这一回，是唯一的连鞠三躬。

令我惊讶的是，当我参观了朝中友谊塔之后，发现我献的那束花已经被卖花姑娘取走，在那里又以10元人民币的价格卖给新来的中国游客。这些鲜花由于这样周而复始地循环着，所以显得萎靡了。

朝中友谊塔塔座两侧，刻着反映中朝友谊和中国人民志愿军战士们英勇战斗和生产建设场面的群像浮雕。

在朝中友谊塔塔座正面，用朝文写着碑文：

高举抗美援朝、保家卫国的旗帜，在这块土地上和我们一起英勇战斗，打败了共同敌人的中国人民志愿军烈士们，你们所建树的不朽的功勋和用鲜血凝成的朝中友谊，以及朝中两国人民的国际主义友谊，同这块繁荣昌盛的国土一起永放光芒！

■ 叶永烈在朝中友谊塔前

历史的沉思

■ 朝中友谊塔中的中朝战士并肩作战壁画

　　我从侧门进入塔内，沿着台阶进入塔底纪念室。进门迎面是一个铜质屏风，上面镶着中朝两国国旗。

　　塔底纪念室大约有 100 平方米大小，有四根石柱子，每个柱子上有两盏长明灯。塔底纪念室的三面墙壁上画着反映中国人民志愿军赴朝参战的画面：

　　左侧壁画是"入朝作战图"——中国人民志愿军跨过鸭绿江大桥赴朝参战的场面，一个朝鲜儿童扑进志愿军战士的怀里，朝鲜民兵和志愿军战士拥抱，背景是入朝部队——这是一支生力军，是刚刚解放了中国的人民军队。

　　中间壁画是"胜利图"——中国人民志愿军与朝鲜人民军并肩战斗的场面，俯冲的飞机、冒着硝烟的大炮、弹坑累累的阵地、正在冲锋的战士、抱头鼠窜的敌人……整个画面充满了血与火，生命与死亡，极具震撼力。

右侧壁画是"建设图"——战争胜利后志愿军参加朝鲜经济建设的场面，火热的建设工地、丰收的稻田、飞转的车轮……站在画前凝视深思，其艺术感染力是很强烈的。

我注意到在塔底纪念室正中，有一个近1米高的红色大理石台，台上放着一个金色盒子。打开盒子，里面放着10本志愿军烈士的名册，共计22700名（统计数字与中国的抗美援朝纪念馆不同）。

我打开一本册子，上面写着："中国人民志愿军烈士永

■ 朝鲜发行的纪念毛泽东与毛岸英的邮票

历史的沉思

垂不朽（团级以上干部烈士名单）"，记载在朝鲜牺牲的团级以上干部180名，战斗英雄130名。

我在长长的名单上看到了毛泽东的长子毛岸英烈士的名字：

毛岸英，秘书，共产党员，湖南湘潭，1950年11月牺牲。

我曾经多次采访过毛岸英夫人刘思齐。正因为这样，在朝中友谊塔见到毛岸英烈士的名字，感到格外的震撼。

走出朝中友谊塔，我不由得记起在美国首都华盛顿曾经参观那里的"韩战阵亡将士纪念碑"。美国人习惯把朝鲜战争称为"韩战"。在1995年7月27日，建立了"韩战阵亡将士纪念碑"。

在"韩战阵亡将士纪念碑"之侧，便是越战阵亡将士纪念碑。这两座纪念碑是华盛顿的两座反思纪念碑。

华盛顿的反思纪念碑

作为美国政治中心的华盛顿，有着各种各样政治性的纪念碑、纪念馆以至纪念公园。最为醒目的当然是高达 170 米的华盛顿纪念塔。

在华盛顿纪念塔的南面，是用白色大理石砌成的圆形的杰弗逊纪念馆，以纪念美国第三任总统、《独立宣言》的起草者杰弗逊。在纪念馆里，竖立着高达 5.8 米的杰弗逊青铜像，墙壁上刻着由他起草的《独立宣言》的一部分。

在华盛顿纪念塔的西面，则是用白色大理石砌成的方形、有着 36 根石柱的林肯纪念堂。步入林肯纪念堂，我见到一尊洁白的大理石的林肯座像，他消瘦的脸庞上一对炯炯有神的眼睛直视着正前方。

此外，华盛顿还有罗斯福纪念堂，纪念领导美国赢得第二次世界大战的第三十二任总统罗斯福。那里矗立着一身戎装的罗斯福的高大铜像，身边则是他的爱犬铜像。至于肯尼迪艺术中心，则是为纪念在 1963 年于达拉斯遇害的美国第三十五任总统约翰·肯尼迪。

华盛顿的种种纪念塔、纪念碑、纪念堂，无一不巍然宏伟，无一不壮丽绝伦，都给人一种伟大无比、肃然起敬的感觉。我站在这些纪念塔、纪念碑、纪念堂前，总是处于"仰视"的视角。

华盛顿有两个纪念碑留给我不可磨灭的印象，虽说在那里处于"平视"以至"俯视"的视角。那里不是为美国的伟人或者丰功伟绩立碑，而是真实地记录了美国沉痛的历史教训，真实地记录了美国两场失败的战争——越南战争和朝鲜战争，分别叫作越战纪念碑和"韩战纪念碑"。

历史的沉思

43

这两座纪念碑，赫然建造在华盛顿非常醒目的地方——雪白的林肯纪念堂两侧。

我曾经在2001年初参观过这两个纪念碑。冬日昼短，下午5时已是暮色苍茫。我只能匆忙地打开闪光灯，拍了几张照片。2007年7月，我在夏日阳光绚烂之际来到这里，这时我已经去过越南和朝鲜，对于越南战争和朝鲜战争有了更加深刻的了解。

走出高大雄伟的林肯纪念堂之后，正前方就是一个610米长的长方形池子。这池子是人工挖成的，远处凌天一柱——华盛顿纪念碑正好倒映在池水上面，因此这个池子叫做"倒影池"。从林肯纪念堂往左，走过倒影池，是一个公园，名叫"宪法公园"。

就在这宪法公园里，我见到一座黄绿色的雕像。那是在越南战场上的海陆空三名美军战士，脸色憔悴，神情疲惫。在塑像不远处，是两道黑色大理石砌成的长长的墙，呈"V"字形，这两道墙又以">"形延伸，深深嵌入地下。在这两道长长的黑色大理石墙上面，以姓氏开头的英文字母为序，密密麻麻地刻着58183名在越战中阵亡以及失踪的美军将士的姓名。

这便是别具一格的越战纪念碑——那全长200多米的黑色大理石墙，又被称为"越战纪念墙"。这座往下沉陷的黑色纪念墙，清楚表明这是美国历史上沉重的一页。美国军队向来以"常胜将军"自居。即便是在第二次世界大战中，在珍珠港蒙受了日军的沉重一击，但是后来毕竟战胜了日本。但越南却是一个无底的泥潭，美军在越南越陷越深，在蒙受了惨重的损失之后，仍以失败告终。

越南曾经是法国殖民地。法国殖民者在1885年入侵越南，然后法国又占领高棉、寮国，这三国都沦为殖民地，统称"法属印度支那"。在第二次世界大战期间，日本占领了越南。1945年8月，在日本投降后第三天，胡志明率领800名越南解放军进入河内，占领了河内。9月2日胡志明在河内宣布成立越南民主共和国。法国仍企图统治越南，派军队进入越南。1946年12月19日，胡志明主席代表越南民主共和国向法国宣战，从此开始了8年艰苦的抗法战争。1954年3月，双方在越南奠边府展开决战。1954年5月1日至7日，越军发起总攻，弹尽粮绝的法国军队向越南解放军投降。法军指挥官卡斯特里准将及其全部参谋人员都被越南解放军俘获。

就在法国殖民者被赶出越南之后，美国取而代之，发动越南战争，理由是"中国已经成为共产主义国家，不能再让越南成为共产主义国家"。

■ 华盛顿越战纪念碑雕像

1965 年，当越南北方的越南解放军向越南南方的资产阶级政权发动进攻的时候，美国军队进入越南丛林。不料，从此美军陷入越南的泥潭。大约有 160 万名美国青年从遥远的美国被派往越南热带丛林沼泽。从 1965 年至 1973 年的八年之中，不可一世的美军以 30 多万人受伤、58000 多人丧生的沉痛代价，输掉了这场战争。

这一堵黑色的墙，见证了美国在越南惨败的历史，也引来无数参观者的不胜唏嘘。

在越战纪念墙前，曾经有过多少次失声痛哭，曾经有过多少次鞠躬致哀。有人目击这样一个难忘的场面：有一次，一个小女孩请一个高高个子的军官抱她去吻高处的一个名字，说那是她从没见过面的爷爷，小姑娘吻得热烈长久，军官潸然泪下，游客们无不动容。

也有许多人在越战纪念墙前放置了信件，希望那些亡魂能够读到这些亲属的信件。

这是一位妈妈写的信：

"亲爱的比尔：今天我到这纪念你，想念你，我哭了。你走了，我并

历史的沉思

45

不能理解这个原因，但我必须接受这个事实。我记得你婴儿时的样子，还记得你上学和死去的日子。我非常想你。

"我看到黑墙上刻着你的名字，那是我给你起的。我觉得离你很近，你也许走了，但决不意味着我对你的丝毫忘记。我所分享的爱将伴我终生……"

这是妻子写给亡夫的信：

"约翰，尽管我猜你可能在这，但我还是非常愤怒地发现你真的在这了。我真的希望，哪怕死去也要把你救出来，让你能回来。我来过两次了，只能承认你走了。现在，我终于可以停止在世上不断寻找你了。我必须在没有你存在的情况下独自生活了。"

这是弟弟写给哥哥的信：

"我想让你知道我多爱你，哥哥。你的那个宝贝长得很好。他为有你这样的父亲而骄傲。我会替你照看好他。过一段我们还会来看你。"

越战纪念碑的正式名称叫做"越南退伍军人纪念碑"（Vietnam Veterans Memorial），最早提议建造这一纪念碑的是一个在越南战争中受伤的美国退伍军人简·斯克拉格斯（Jan Scruggs）。在他的推动下，1979年4月27日，许多参加过越战的美国退伍军人在华盛顿成立了"越战退伍军人纪念基金会"，为建造越战纪念碑筹措资金。这个基金会先后募集了840多万美元的私人捐款。

光是有了钱还不行，因为在首都华盛顿建造这样的政治性纪念碑，必须得到美国国会的批准。好在国会议员之中，也有越战退伍军人，由他们出面游说，很快就得到众多国会议员的支持。1980年7月1日，美国国会通过决议，批准在首都华盛顿的林肯纪念堂东北角，在宪法花园里划出1.2万多平方米（3英亩）地，作为纪念碑碑址，并且将纪念碑划归国家公园管理局管理。

于是，原本是民间的倡议，从此变成了政府的行为。美国政府也为建造这一纪念碑拨款。

接下去的工作，便是公开征集纪念碑的设计方案。越战退伍军人对于纪念碑所提出的唯一具体要求，是务必把死于越南战争的所有美军军人的名字刻在纪念碑上。

■ 越战纪念碑前阵亡美军军人名册

在1421个参赛设计方案中，脱颖而出的便是这个倒"V"形黑色纪念墙。令人惊讶的是，这一非同凡响的构思，竟然出自一位21岁的亚裔姑娘之手。

她叫林璎（Maya Ying Lin），耶鲁大学建筑系的女学生。林璎的成功并不是偶然的，两方面的因素造就了她的成功：

第一，林璎出身于艺术世家。她的父亲林桓精于陶瓷，曾任美国俄亥俄州立大学艺术院院长，而母亲林朱丽安是文学教授，还是一位诗人，而中国的建筑大师梁思成和中华人民共和国国徽的设计者之一林徽因，则是林璎的姑父和姑母。家学渊源，使林璎对于建筑艺术有着独特的视角。至于传说林璎是《城南旧事》作者林海音之女，则纯系误传。

第二，此前，林璎正好利用假期自费到欧洲考察公墓，研究对死者悼念的形式，参观了大量的纪念碑、墓碑，无意之中，恰恰为设计越战纪念碑作了准备。

林璎对自己的设计作出这样的解释，倒"V"形，也就是失败之意。这个伸向地下的倒"V"字，好像是地球被战争砍了一刀，留下了这个不能愈合的伤痕。纪念碑向两个方向各伸出60米（200英尺），一边指向林肯，指向林肯纪念堂，一边指向华盛顿，指向华盛顿纪念碑，表明这是美国历史的延伸。

林璎还对用黑色的、表面经过精细抛光的大理石刻着越战死亡者的名单，作出解释，因为在阳光下，参观者的身影将会清晰地映照在黑色大理石上，象征着活着的人和死去的人在阳光普照的世界和黑暗寂静的世界之间再次会面。

林璎曾经这样叙述自己构思越战纪念碑的经过：

> 1980年秋，那年我和其他5名学生正打算做一个有关墓地建筑的作业，主要强调如何通过建筑形态来处理"死亡"这个主题。整个学期我们做了许多相关的设计。有一个同学，我忘了是谁，偶然发现了征集越战纪念碑设计方案的海报，于是我们想，何不把它作为毕业设计呢？我们来到将要修建纪念碑的地点华盛顿。当我站在那里时，开始本能地想象着自己用小刀将地面立体切开并翻起成两翼，一边指向林肯纪念碑，另一边指向华盛顿，上面还按顺序刻着阵亡者的名字。这时有一位同学收到了纪念碑的设计手册，其中明确规定纪念碑上必须刻有全部57000多名阵亡者的名字。于是我说："太妙了！"将名字逐一镌刻在黑色反光的地表上。正是这样的一座纪念碑！

> 我父母从事的都是艺术；父亲是陶艺家，母亲是诗人，两人都选择了艺术教育事业。我非常感谢我的父母，我觉得自己非常幸运。我的哥哥现在是一位诗人，而我则介于建筑和艺术之间。

> 我的童年是在一片林子的环抱中度过的。那是我真正怀念的一种隐谧与美景。我们家的后院是一大片山林，或者说是由几片林子组成的一大片山林。那些地面在每个山脊之间起起伏伏，是孩子们的天堂，其中有一个山脊，我们叫它"巫师的后山"。

> 对我影响最大的，我想，莫过于家庭所带给我的一个安定和清怡的环境。似乎总有一种无法言喻的力量推动着你去做一些事……从来都没有这种概念，觉得人应该为了金钱才去努力奋斗。我们虽然从小就被鼓励要取得好的成绩，但并非出于任何利益的目的。你之所以做某件事是因为它对你来说很重要，即使它无法使你变得富有。因此我们从小就受到这样一种注重创造力的思想的感染。榜样的力量是巨大的。作为子女，你会在不经意间继承父母的言传身教。

> 没有想到我在耶鲁大学的教授会觉得用橡皮泥做一个建筑并把它漆成闪亮的黑色是一种古怪的行为。又或者越战纪念碑的最初形态正是来自

饭桌上的土豆泥……谁知道呢。我的许多作品都是从橡皮泥开始的，而橡皮泥正是一种用油来保持柔软的黏土。它就像土壤一样；一股塑造土地的激情似乎永远挥之不去，它就在我的心里，是我全部作品的生命。

林璎独特的设计方案获得一致认可，但是很快就出现坚决反对的声音。反对者所反对的并不是设计方案本身，而是在于设计者的亚裔身份。不少美国越战退伍军人提出质疑：我们在亚洲的失败，由一个亚洲人来设计纪念碑，合适吗？

还有人提出，林璎的设计太低沉，应该在倒"V"字的尖角处安置美国三军塑像并竖起高高飘扬的星条旗。林璎坚决反对这一画蛇添足之举。她明确表示，如果这样的话，她宁可取消自己的设计方案。

然而，毕竟没有另一个设计方案能够取代林璎的设计方案，最终她的方案被付诸实施。那美国三军塑像，被安置在远离黑幕纪念墙的地方。另外，在越战纪念墙的入口处，我还见到一块玻璃之下，放着一册又大又厚的越战美军死亡名册，供人翻阅。

当越战纪念碑落成时，举行了隆重的仪式，美国总统里根出席了仪式。不过，令人惊奇的是，在出席仪式的人群之中，找不到设计者林璎的身影，而且在整个纪念活动中没有提及设计者林璎的名字。

林璎深刻地说："你得和成见、旧传统、旧观念作斗争。这在某种程度上不断地促进着我。在你试图突破思想的樊篱时，必然会引起许多人的反对，而这也许就是代价。"

越战纪念碑建成之后，每年有500万人次参观。林璎的设计深深打动了每一个参观者的心灵。在20世纪过去的时候，林璎被美国的《生活》杂志评选为"20世纪最重要的100位美国人"，得到了公众的认可和赞许。

署名非马的诗《越战纪念碑》，写出了林璎的设计的震撼力：

■ "韩战纪念碑"美军雕像

历史的沉思

49

一截大理石墙

二十六个字母

便把这么多年轻的名字

嵌入历史

万人冢中

一个踽踽独行的老妪

终于找到了

她的爱子

此刻她正紧闭双眼

用颤悠悠的手指

沿着他冰冷的额头

找那致命的伤口

  其实，那光亮似镜的长长的黑色大理石墙，是一面历史的反思之镜、警世之镜。一个国家，一个民族，不应该只停留在对自己光辉业绩的歌功颂德上，更应从失败以至惨败中反思历史的教训。这也许正是低沉的越战纪念墙比高耸的华盛顿纪念碑更加令人感动的所在。

  参观了越战纪念墙之后，我朝着林肯纪念堂的右侧走去。在那里，跟越战纪念墙相对称的，是"韩战纪念碑"。

  "韩战"，是美国人对于朝鲜战争的习惯称呼。在韩国，则称"南北战争"。

  对于美国来说，另一场失败的战争，就是朝鲜战争。用当时美军总司令麦克阿瑟将军的"名言"来说："'韩战'是一场在错误的时间、错误的地点与错误的敌人所进行的一场错误的战争。"从1950年至1953年，美国先后把150万名将士派往朝鲜，那里成为54260名美军将士的生命的终点。

  在建立了越战纪念碑之后，"韩战"的退伍老兵们强烈要求建立"韩战纪念碑"。1995年，美国政府又在华盛顿建立了"韩战阵亡将士纪念碑"，即"韩战纪念碑"。

  "韩战纪念碑"，严格地说，是"韩战纪念园"。我来到这里，见到在一片草地上，横放了一条又一条大理石，竖立了19尊真人大小的美军战士不锈钢的塑像。他们戴着钢盔，披着雨衣，穿着高筒靴，手持钢枪，仿佛在朝鲜战场上侦察、搜索，却一个个低着头，神态木然。这些钢灰色的、情绪悲凉的塑像，构成低沉的调子，表明美军所进行的是一场错误的战争，失败的战争。

■ 华盛顿"韩战纪念碑"

"韩战纪念碑"也有一道黑色的大理石墙,明显的是模仿林璎的设计。只不过大理石墙上刻的不是在朝鲜战场上死亡者的名字,而是大大小小的死亡者的形象。

"韩战纪念碑"跟越战纪念碑一样,都是为了纪念美国的失败,美国的教训,是华盛顿两座反思纪念碑。历史是一面镜子,以史为镜,以史为鉴,正是这两座纪念碑的深刻含义。

站在那里,我不由得想及,也许有一天会在华盛顿建立阿富汗战争纪念碑、伊拉克战争纪念碑呢?

历史的沉思

夏威夷痛楚的记忆

清早，金色的阳光透过落地门，洒满整个客房。

我第一眼就看到，两只白色的鸽子，正在阳台上"散步"。我打开落地门，这才发现夏威夷的清晨已是那么的热——屋里开着冷气，使人忘了身在夏威夷。

阳台上放着两把白色的塑料椅。坐在椅子上，可以看见楼下那"人"字形马路上，车如流水，一片繁忙。

四处高楼林立。我见到不少楼顶建造了游泳池，这么早已经有人在那里游泳，也有人戴着墨镜、躺在池边的椅子上晒太阳。

人行道被浓密的绿树所遮盖。这里的行人，大都大摇大摆，优哉游哉，看不见香港街头上班族们那种行色匆匆的景象。这是一座散漫的城市，一座悠闲的城市，一座旅游的城市，一座慢节奏的城市。

这里的宾馆，一座挨着一座。宾馆里铺着浅色地毯，显得非常干净。这里的水质是全美国最好的，可以直接饮用。因为夏威夷多雨，雨水又集中在山区，山水极为洁净，成为自来水的水源。不过，这里的宾馆遵照美国的"惯例"，没有牙膏、牙刷，也没有拖鞋。

在床头柜的抽屉里，除了放着一厚本电话号码簿之外，还放着两本烫金封面的精装书。我打开一看，一本是英文版的《圣经》，另一本是日文版的《圣经》。这个小小的细节表明，夏威夷的游客之中，日本人相当多。

宾馆免费供应早餐。餐厅在顶层。早餐全是油腻的甜点心，饮料也全是甜

■ 夏威夷海滨的沙滩，是游泳的绝好场所

的。在夏威夷，以胖为美，胖子多多，我想跟人们喜吃甜食很有关系。夏威夷以胖女为"美女"。后来，我在夏威夷公共场所常常见到夏威夷胖子，一人要坐两张椅子！

我已经换上了一身夏装：头戴一顶遮阳帽，身穿 T 恤，涂好了防晒霜。出门时，又戴上一副墨镜。如此"全副武装"，真是如临大敌一般。后来，在夏威夷待久了，只觉得除了中午的阳光灼人之外，其他并没有那么可怕。

夏威夷的第一个游览目标是珍珠港。吃过早餐之后，我和妻就直奔珍珠港。

珍珠港在瓦胡岛上，从怀基基乘车，半个多小时就到达那里。

一进珍珠港，便见到珍珠港事件纪念馆。

珍珠港事件，是美国历史上沉重的一页。因此，在珍珠港事件纪念馆里，不准高声谈笑，不准抽烟。纪念馆里备有免费赠送的英文、日文、中文、韩文等各国文字的说明书，其中唯有中文说明书已经被观众取光了。

珍珠港事件，发生在 1941 年 12 月 7 日。日本空军在统帅山本五十六的

历
史
的
沉
思

53

■ 对于夏威夷人来说，珍珠港事件是刻骨铭心的

精心策划下，突然袭击珍珠港美军基地。

山本五十六这古怪的名字，在中学上历史课时就已经听说，这回来到夏威夷才知道山本五十六的名字的来历："山本"是姓，而"五十六"则取义于他出生在 5 月 6 日，出生时父亲又正好 56 岁。

山本五十六花费了一年多时间，制定了偷袭珍珠港的详细计划。

珍珠港是美国太平洋舰队的基地。美国看中夏威夷、吞并夏威夷，最初就出于军事上的目的。在美国人看来，夏威夷是太平洋中一艘永不沉没的主力舰。正因为这样，美国在 1898 年吞并夏威夷之后，就在珍珠港兴建军事基地，到 1919 年建成了这一大规模的海军基地。

在第二次世界大战中，山本五十六把珍珠港美国海军基地视为眼中钉。他曾经在美国留学，知道美国军队的习惯，即在周末晚上跳舞、喝酒至夜深，然后呼呼大睡。他选择了圣诞节前一个星期日的清晨，用空军突袭正在熟睡、毫无戒备的珍珠港。

这次闪电般的偷袭，前后只花了一个多小时，炸沉美军 6 艘舰船，炸毁美军 347 架飞机，炸死炸伤美军将士 3581 名。其中，特别触目惊心的是，美军战列舰亚利桑那号（Arizona）中弹沉没，舰上 1177 名官兵随舰沉到海底，全部遇难！

■ 白色哑铃形的珍珠港事件纪念馆与沉没的亚利桑那号呈"十"字形,以纪念蒙难的将士

　　如今,在珍珠港事件纪念馆里,以整个墙面画着亚利桑那号的全貌。一幅幅珍贵的历史照片,勾画出当年的惨烈气氛。

　　一只从沉船上捞起的巨锚,有两人多高,也成了历史的见证者。

　　在亚利桑那号的沉没处,建立了专门的纪念馆。

　　亚利桑那号纪念馆设在珍珠港海面上,建于1962年。我乘坐渡轮前往亚利桑那号纪念馆,所有乘客的表情都是那样肃穆、沉重。

　　纪念馆的外形,像一个方形的哑铃,白色,上面高悬星条旗。

　　纪念馆的总体构思非常巧妙:整个纪念馆与沉没的亚利桑那号成"十"字形,既表示哀悼之意,又使参观者站在纪念馆里可以看清海面之下十来米处的沉舰头尾。

　　纪念馆里竖立着巨大的大理石碑,上面刻着亚利桑那号舰上1177名阵亡官兵名单。我注意到石碑前面,放着一束鲜花,缎带上用日文写着:"愿世界和平!"这句话,是对历史的忏悔,也是对未来的希冀。

　　我见到参观者之中,有不少日本人。他们同样以沉重的心情来悼念半个多世纪前的死难者。

　　在纪念馆里,我遇见一位穿着当年美国海军军服的老兵。白发苍苍的他,

历史的沉思

55

是当时亚利桑那号上 14 名请假回家过圣诞节的幸存者之一。如今，他以历史见证人的身份，在纪念馆里接待游客，以亲身经历回首那场浩劫，警示后世永灭战火。

在清澈平静的海面上，我见到漂着星星点点油花。这油花来自沉没了的亚利桑那号。虽然亚利桑那号在海底沉睡了几十年，但是当年被炸弹炸碎的油箱仍在往外冒油。

我还见到色彩斑斓的热带鱼，在碧蓝的海水中嬉戏。小鱼们不知道海底的沉船，更不知道这里曾经发生过的惨剧。倘若小鱼有知，就不会显得那样悠然自得了吧？

举目远望，珍珠港里美国军舰鳞次栉比，星条旗在迎风招展。我不由得默念着那缎带上的话："愿世界和平！"

艺术的殿堂

Yishu de Diantang

聚宝盆——埃及博物馆

如今，爬上金字塔，沿着胡夫金字塔北面的出口往里走，走过窄窄的通道，可以一直走进金字塔的中心——法老的墓室。不过，墓室里除了一个巨大的石棺之外，一无所有。

法老既然花费了那么大的财力、物力修筑无比巨大的金字塔，金字塔墓室里陪葬的金银珠宝理所当然极其丰富。这么多历史的瑰宝到哪里去了呢？

埃及金字塔内的珍贵文物，除了被盗墓者偷走，除了被外国探险队掠走，全部集中在埃及博物馆。正因为这样，在"空心"的金字塔前欣赏宏伟，在埃及博物馆里观赏宝贝，这是埃及之行同等重要的两件事。只有领略埃及博物馆里的丰富内涵，才能深切感知金字塔的瑰丽多彩。

埃及博物馆其实是一个简称，有人称之为埃及国家博物馆、埃及文物博物馆、埃及历史博物馆，而埃及人则称之为"法老博物馆"，因为那里以广为收藏法老时期的文物著称。

埃及博物馆坐落在开罗市中心、尼罗河东岸的解放广场旁，那粉红色两层大楼显得格外醒目。这座有着半球形穹顶和拱形大门的大楼，通常被称为"新馆"。其实，"新馆"已经是百岁老人，建于1902年。

至于"老馆"，则是在1858年建于开罗北部的布拉克。埃及博物馆的创始人是法国考古学家马里埃特（1821—1881）。他在1849年担任卢浮宫博物馆埃及部负责人，于1850年被派往埃及，致力于埃及考古学的研究工作。他看到古埃及的珍贵文物遭到外国探险队和古董商人的巧取豪夺，流失严重，建

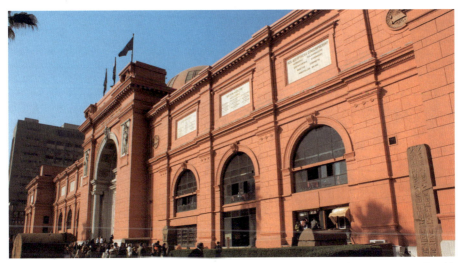

议埃及建立博物馆加以收藏。就这样，他被任命为埃及博物馆的第一任馆长。当"新馆"落成时，马里埃特已经去世。为了纪念他，在"新馆"前矗立起他的铜像，他的尸骨埋葬在这座铜像之下。

埃及博物馆给我的印象是"三多"：警察多，游客多，文物多。

埃及博物馆四周布满警察岗亭。警察荷枪实弹在那里值勤。警察多，不仅因为埃及博物馆里有诸多价值连城的宝物，而且由于曾经发生过多起盗窃案。据说，在1996年以前，埃及博物馆没有安装监视系统，晚上关门之后也没有内部保安巡视，一个盗贼混在参观的人群中，在闭馆之后躲在馆内，居然"忙"了一夜，以求"挑选"自己最喜欢的文物。尽管第二天他在开馆时刚混出了博物馆，却被警察抓住了……如此"精彩"的故事一再在埃及博物馆重演，埃及博物馆不能不加强警察保安的力量。

至于游客多，那是因为这里已经与金字塔齐名，成为游埃及的必游之地。这里像磁石一样吸引着世界各地的游客。那么多游客分散在一座座硕大的金字塔前，地广人稀，不觉得多，而一旦汇聚到埃及博物馆，那就摩肩接踵，相当拥挤了。据埃及博物馆首席馆长马哈茂德·哈桑·穆罕默德说，现在每天来参观的国内外游客在1万至1.5万人之间。

埃及博物馆的文物多，是因为这里承载着埃及悠久的历史。这里是聚宝盆，收藏的文物达30多万件。据说，如果每件文物看一分钟的话，而且一天24小时不休息，看完全部文物需要9个月。限于场地限制，埃及博物馆平日

艺术的殿堂

■ 埃及博物馆外墙上持有纸莎草的法老浮雕

陈列展出的文物约为6.3万件。

　　埃及博物馆拱形大门两侧的壁龛中各有一个欧化的法老形象浮雕像，右边的法老手持莲叶，代表古代的上埃及；左边的法老手持纸莎草，代表古代的下埃及。

　　在埃及博物馆前的庭院里，还有各种各样古埃及的石雕像，任游客拍照。但是，我在进入埃及博物馆时，就被"缴械"了。按照规定，在馆内不许摄影。这样，我只能在博物馆的大门口拍些照片，进馆时必须把照相机存放在保管室。无奈，埃及博物馆内的文物照片，我只能翻拍画册上的相关照片。

　　即便如此，馆内大厅里陈列着的古埃及法老的石雕像前并无隔离绳，任凭游客触摸（当然仅限于石雕像），当指尖与冰凉的石雕像"亲密接触"时，我仿佛在那里触摸埃及漫长的历史。

　　埃及博物馆内人头攒动，总共设有50多间陈列室。在底楼，陈列着公元前27—公元前22世纪古埃及时代到5—6世纪罗马统治时代的历史文物。在二楼，则设有木乃伊、珠宝、棺木、绘画、随葬品、纸莎草文书等专题陈列室。

　　在埃及博物馆的万千件展品之中，最精华的是位于博物馆二楼的埃及十八王朝法老图坦卡蒙墓的出土珍宝。

　　图坦卡蒙于公元前1344年10岁时登基，死于公元前1325年，去世时年仅19岁。像图坦卡蒙这样一位"少年法老"，在悠久的埃及历史上，真可以称得上"白驹过隙"。

　　可是，在埃及博物馆里，图坦卡蒙却是馆里最举足轻重的人物，他的光耀超过了埃及历史上任何一位法老。

　　图坦卡蒙的辉煌，并不在于他有什么划时代的政绩，也不在于他对埃及有过里程碑式的贡献。他享有盛名，是在他死后3200多年！

　　他的幸运在于，其他法老的陵墓在漫长的岁月中都遭受了盗墓贼的严重破坏，而唯独他的陵墓躲过了盗墓贼的眼睛。直到1922年11月24日，他的陵墓被英国考古学家霍德华·卡特发现。

　　图坦卡蒙非常幸运，打开他的陵墓之门的是英国的考古学家，而非盗墓贼。

　　霍德华·卡特描述打开图坦卡蒙陵墓时的景象：

　　　　看到了两个真人一样大小的雕像，雕像的身上束着淡黄色的金腰带，

艺术的殿堂

61

■ 叶永烈在埃及博物馆

■ 巨石上刻着古埃及文字

脚穿金鞋，前额上装饰着一对金蛇。雕像附近是又高又大的金椅、透明的白玉脸盆、光灿灿的金床、装饰着宝石和珍珠的衣服……

接着，霍德华·卡特又发现：

　　贴金镶玉的家具、箱盒、匣柜，富丽堂皇，排列有序。其中，一个硕大无比的贴金木盒格外引人注目。木盒盒壁上嵌着闪闪发光的蓝色石英玻璃，木盒分4层，每层之间填满了各式各样的奇珍异宝。在一间堆满殉葬品的屋子中有100多个用金、银做成的筐，筐中存放着水果、肉类和各种粮食，屋中还有40多个大瓶子，它们是装葡萄酒用的。地宫中还堆满了法老生前所珍爱的武器、铠甲，它们与其他珍宝混在一起。

　　图坦卡蒙陵墓可以用"原封未动"四个字来形容，而陵墓中的珍宝又是那样的璀璨。人们常说："生不带来，死不带去。"图坦卡蒙尽管跟所有的人一样赤条条来到这个世界，但他是"龙种"，是国王，是法老，所以尽管他只活了

■ 图坦卡蒙的金面罩　　　　　　　　　　　　　　■ 狮身人面雕像

　　19个春秋，却把众多的稀世之宝带进了坟墓。经过3200多年的长久保存，图坦卡蒙陵墓中所藏的1000多件金银珍宝，一件也未曾损坏，一件也未曾丢失，全部、完整地进入了埃及博物馆！

　　发掘图坦卡蒙陵墓的最大发现，是找到三件震撼世界的宝物，这三件宝物成了埃及博物馆的镇馆之宝。我逐一细细观赏这三大顶级珍宝。

　　三件宝物中最受追捧的是图坦卡蒙法老死后所戴的金面罩，是用17千克的纯金和众多华丽的宝石所做成。这金面罩是按照图坦卡蒙法老生前的容貌打造的。所以考古学家后来依照金面罩用电脑还原了图坦卡蒙的面貌，可以看出，图坦卡蒙年轻而英俊。在金面罩上，眼球是用紫水晶做的，眼白是用象牙，再用木条来做成眉毛。金面罩抛光之后，闪闪发亮，熠熠生辉。在金面罩额上，还雕有象征上下埃及统治者的兀鹰和眼镜蛇。面罩后面是一条黄金辫子，象征法老的发髻。

　　图坦卡蒙的金面罩的价值不只是用了多少黄金，用了多少珠宝，而是在于金面罩本身是一件极其精美的艺术品。在图坦卡蒙的金面罩成为埃及博物馆的

艺术的殿堂

63

镇馆之宝以后，这个金面罩的图案就成为埃及博物馆的标志，甚至与金字塔并驾齐驱，成为埃及的标志。

我关注着图坦卡蒙的第二件宝物，那就是他的金色宝座。这把价值连城的座椅的正面两侧，各有一个金制的狮子头，扶手为蛇首鹰身的雕像，分别代表图坦卡蒙掌握着上下埃及的王权。金色座椅的靠背，是一幅充满温馨的雕刻：年轻美貌的王后正轻轻抚摸御座上的国王，两人含情脉脉地对视着。其中的一个细节，生动地刻画了国王和王后的爱情：国王和王后的一只脚穿着各自的拖鞋，而另一只脚则共穿一只拖鞋。

图坦卡蒙的第三件宝物是他的金棺，用了200多千克的纯金。

图坦卡蒙的棺椁，如同俄罗斯套娃，是七层棺匣，一层套一层——除了核心一层外，里三层，外三层。外面三层是雕刻着宗教图案的木质棺椁。最外面的同时也是最大的棺椁，看上去像一座小房子，是一个镶嵌了蓝色釉瓷包金的木套。里面三层的外两层也是木质棺椁，有许多彩绘，棺盖上饰有女神浮雕像，而里面的一层是石英棺，是用一整块黄色石英岩雕成的。

在石英棺之内，是真正的"核心"——重达110千克的纯金棺，图坦卡蒙戴着黄金面罩，躺在金棺之中。

黄金面罩、黄金宝座、黄金棺材，一位考古学家曾说，这三样珍贵文物，无论哪一件，都胜过世界上任何一个博物馆中最值得夸耀的文物。

埃及悠久而辉煌的历史，凝固成数不胜数的文物。埃及博物馆收藏的珍宝实在太多，"新馆"已经不堪重荷。

眼下，埃及政府投资5.5亿美元，正在开罗的吉萨金字塔附近兴建"大埃及博物馆"。这座最新的博物馆，将以最新、最宽敞、最现代的空间，向世人展示埃及的灿烂历史和文化。

威尼斯风情

意大利的政治中心是坐落在南方的首都罗马，经济中心则是北方的米兰，然而，意大利给我印象最深的城市，是我到达意大利后所见的第一个城市——水城威尼斯。

威尼斯如今已经明显地分为两部分，即新城和旧城。新城在大陆，不在岛上，跟一般的现代化城市差不多，而旧城也就是水城，建在岛上。

每到一个新的城市，我的第一件事总是查看这座城市的地图，以便有一个总体印象。威尼斯的地图使我非常惊讶：世界上所有的城市地图上，纵横交错的都是街道，而威尼斯地图上横七竖八的竟是一道道河！这些河流，全部用蓝色标出。所以，威尼斯地图看上去一片蓝色——除了城市里密如蛛网的河道之外，四周是一大片蓝色的海洋。

到了威尼斯之后，我住在新城的三星级"维也纳宾馆"。在新城的街道上漫步，就像浏览一座普通的城市。说实在的，欧洲的旧城各具特色，而新城则相差无几。

我从新城的宾馆出发，约莫行驶了十来分钟，就到了一座长达5千米、从大陆伸进海中的长桥。这桥名叫"自由桥"，是在1933年建成的。

桥的两边，是辽阔无涯、湛蓝明净的大海。汽车仿佛穿梭于碧波之上。

桥的尽头，便是码头。所有的旅客，都在这里弃车登舟。

码头上游船摩肩而泊。上了船，就直奔水城威尼斯。

水城威尼斯位于意大利半岛的东北部，坐落在亚德里亚海之中。这里是由

艺术的殿堂

65

行走世界 · 第2辑

■ 威尼斯著名的叹息桥

泥沙沉积形成海岛。附近的海域不深，人称泻湖。

大约行驶了二十来分钟，水城威尼斯便展现在眼前。跟新城截然不同，映入我的眼帘的，是一大片17世纪、18世纪、19世纪典雅华贵、色彩鲜明的建筑群。也有不少建筑物建于15世纪、16世纪，还有的甚至建于11世纪。整个威尼斯水城，犹如一座硕大无朋、漂浮在海面的豪华游艇。

水城威尼斯矗立着高高的灯塔。塔顶的风向标是来往船只注目的所在。

游船在水城靠岸。奇怪的是，码头上搭着一座临时性的1米多高的木桥。行人从木桥上走过，犹如时装模特在踱台步一般。原来，在威尼斯，每逢阴历初一，海潮汹涌，海水漫上码头，水深可达1米多。在我到达威尼斯的前一天，恰逢大潮，所以在码头搭起这临时性的木桥。后来，我发现，在圣马可广场，也有这样的临时性木桥。广场上湿漉漉的，木桥的脚也一片水湿，依稀可以看出昨天的大潮相当厉害。

涨水最严重的一次，发生在1966年11月14日。整个圣马可广场变成一片泽国，积水达1.2米深，游船可以从码头一直划到广场！从1966年到1996年，威尼斯曾有过99次积水超过80厘米的大潮。

潮水严重地威胁着威尼斯的建筑珍宝。联合国教科文组织发出呼吁，拯救水城威尼斯！然而，建造防洪堤需要耗资数万亿里拉，意大利政府一直为这笔巨款无从筹集而捉襟见肘。

威尼斯是一座以旅游为主要产业的城市。不过，老天总是跟威尼斯过不去。据说，威尼斯最好的旅游季节是在5月、9月和10月，这时候天气晴朗，不热也不冷。不过，大潮的侵袭，给游客带来诸多不便。至于7月和8月，威尼斯闷热，而且蚊子多，台风也频频光临。每年11月则是冬雨连绵的"死月"。我是在深秋时节到达威尼斯的。这时威尼斯多雨、多雾，但是我的运气很好，来到威尼斯的那天，恰逢晴空万里——据意大利气象台报告，当天意大利南方的西西里岛正在下大雨!

踏上水城威尼斯,不闻一声喇叭,不见一辆车影。就连自行车,在水城威尼斯也是禁绝的,更不用说摩托车、汽车了。我见到几位日本旅客,拖着沉重的箱子,吃力地行进在石头铺成的马路上——因为他们想住在水城威尼斯的旅馆里,那就只能徒步走向旅馆。

当然,这里也有"TAXI"。我在码头见到几处挂着"TAXI"招牌的小亭子,在那里可以雇到"TAXI"。然而,这里的"TAXI"不是出租汽车,却是瘦瘦长长的"贡多拉"船。这种靠人工用双桨划动的"贡多拉"船,小巧而灵活,在水城狭窄的河道里迅行如鲫。只是在河道的急转弯处,船夫看不见对面有没有船,就发出一声高昂的长啸,以代替喇叭,照会对面驶来的"贡多拉"。这时,如果对面有"贡多拉",船夫也会以一声高昂的长啸回应,甚至乘客们也随之长啸起来,成为水城特殊的一幕……

不过,由于游客甚多,"贡多拉"的生意红火,船夫索价不菲。那些日本旅客宁可自己拖着行李步行,或许就因为船价太高。

水城河道密布,全城有着177条河道,水面清亮似镜。我在威尼斯漫步,注意到很多房子的前门或者后门都泊着一艘小船,就像停着一辆小轿车似的。在码头,我还见到吊车把垃圾筒高高吊起,把内中的垃圾倒入一艘运垃圾的船内。这里商店的货物,也全靠船运输。

威尼斯这片土地为什么那样神奇,会有那么多支支叉叉的河道呢?

艺术的殿堂

经过当地朋友说明，我才恍然大悟，知道自己犯了概念性的错误：我原本以为威尼斯是一个完整的大海岛，被许多河道切割成一片片。实际情况正好相反，这里原本是118个小岛，被350多座桥梁连成了一个整体。这些桥梁的总长度达4000米。所以，威尼斯不是掰碎了的馍，而是用肉末捏成的"狮子头"！

从这个意义上讲，威尼斯就是威尼斯！把荷兰的阿姆斯特丹比拟成"北方威尼斯"，把中国的苏州比喻为"东方威尼斯"，其实并不恰当。阿姆斯特丹和苏州都是一片完整的陆地，只是河网密布而已。在世界上，威尼斯是独一无二的。

除了窄窄的小河之外，威尼斯还有一条水上大动脉——大运河。大运河纵贯全岛，河上汽艇、游轮往来如梭。

威尼斯岛上，有着几百年前众多辉煌精美的建筑，表明这座美丽动人的岛屿曾经有过无与伦比的过去……

追溯威尼斯的历史脚印，可以追到久远的年代：威尼斯原本是一群荒岛。公元453年，匈奴王阿提拉入侵意大利，很多意大利人逃往这群荒岛。这些人成了威尼斯的第一批拓荒者。威尼斯美丽的风光，终于被世人所发现。过了一个世纪，公元568年，伦巴第人占领了意大利北部，又有一大批意大利人逃往威尼斯。这些人成了威尼斯的第二批居民。从此，威尼斯岛上有了炊烟，有了农田，有了渔船，有了粮食。

■水城

公元 697 年，拜占庭帝国把威尼斯划入版图，任命卢奇奥·阿纳费斯托为威尼斯第一任总督。从此，威尼斯确立了自己的地位，居民日多，日渐繁华。

不久，威尼斯宣告建立威尼斯共和国。从此，威尼斯作为一个独立的国家，活跃于欧洲。

威尼斯的船队，曾经十分强大。威尼斯商人乘船远行，名闻遐迩。威尼斯共和国曾有过辉煌而又曲折的历史：

威尼斯日益强盛，居然东征西讨。在 13 世纪，威尼斯联合十字军占领了君士坦丁堡。在 15 世纪，威尼斯占领了意大利半岛的大部，甚至占领了阿尔卑斯山一带，成为欧洲的强国。于是，威尼斯岛上矗起一座又一座历史性的建筑。

1630 年，威尼斯曾受到黑死病的严重威胁，2/3 的威尼斯人死于这一烈性传染病！那时，威尼斯到处是横七竖八的死尸。人们请求圣母拯救苦难的灵魂，也无济于事……

在 18 世纪，威尼斯共和国在与土耳其的交战中从强盛走向衰落。1797 年，法国统帅拿破仑征服了威尼斯。从此，有着 1000 多年历史的威尼斯共和国灭亡。

拿破仑终于也走向覆灭，威尼斯归属于奥地利。威尼斯联合意大利击败了奥地利。从此，威尼斯与意大利统一。这段历史一直延续到今日，威尼斯成为意大利一个最富有魅力的旅游城市。

不过，如果不知道威尼斯这一兴衰史，很难置信这么一个只有七八万人口的小岛曾称雄欧洲；同样，如果不知道威尼斯这一兴衰史，也就无法理解威尼斯岛上那些美轮美奂的历史性建筑从何而来，无法从根本上理解威尼斯。

在威尼斯，曾经诞生过两位文化名人。

一位是 18 世纪的剧作家哥尔多尼。他出生在威尼斯一个医生之家。他从 9 岁时开始写第一个剧本，一生写了 100 多个喜剧，从不同的角度反映了威尼斯的社会生活。

另一位威尼斯名人与中国有着密切的关系，他便是著名旅行家马可·波罗。

马可·波罗出生在威尼斯富贾之家。他在 17 岁的时候，跟父亲、叔叔一起向世界的东方跋涉。整整花费了 4 年时间，在 1275 年终于到达中国元朝的大都。

马可·波罗受到了元世祖忽必烈的接见。忽必烈从马可·波罗那里得知欧洲的种种情况。马可·波罗在中国生活了 17 年，几乎游遍了中国。然后，

艺术的殿堂

他沿着丝绸之路，回到了威尼斯。

马可·波罗回国之后，在威尼斯与热那亚的战争中被俘。在狱中，由他口授、同狱好友鲁思梯谦笔录，写出了名著《马可·波罗游记》，把中国介绍给西方世界。从此，马可·波罗作为中国与威尼斯之间的第一位"文化大使"而被载入史册。

在水城威尼斯，除了坐船，没有任何代步的工具。好在威尼斯岛不大，从岛的这一头走到那一头，充其量不过四五十分钟。

威尼斯岛的中心、最热闹的所在，是圣马可广场。当地人曾说："来意大利必到威尼斯，来威尼斯必到圣马可广场。"

我来到圣马可广场的时候，昨日大潮的积水尚未完全消退，在广场低洼处还积着一大片海水，以致我在广场上所拍的照片中，那积水像镜子般倒映着四周的建筑物。

圣马可广场有着悠久的历史。据说在公元 828 年，两个威尼斯商人潜入埃及亚历山大城的一座教堂，盗走了圣人马可的尸体，运回威尼斯。为了供奉圣马可的遗体，在威尼斯岛兴建了圣马可教堂。这座教堂曾因失火而重建。如今屹立在圣马可广场上的雄伟壮丽的圣马可教堂，是在 11 世纪开始重建，经过三百来年才终于完成。

圣马可教堂既有哥特式尖顶，又有罗马式穹拱，还有伊斯兰式圆顶以及拜占庭式的金饰。这清楚表明，当年的威尼斯与世界各地交往频繁，所以在建筑上兼蓄并存。圣马可教堂雕像林立，处处装饰着精美的浮雕花纹，虽然经过数百年的风雨，依然是那么的宏伟精致。

圣马可广场的两侧，有两座十分壮观的古建筑，一座叫"古公署"，建于 14 世纪末；一座叫"新公署"，建于 16 世纪。这两个公署原本是威尼斯共和国政府办公所在地。

圣马可广场原本是一大片草地，中间是一条河。随着两个公署建立之后，在 17 世纪，把河填平，连同草地一起铺上白色的石头，便成了广场。

今日的圣马可广场，成为威尼斯的游览中心。广场上游人如鲫。就在众多的游人之中，一群群鸽子在那里觅食、玩耍、飞翔。这些鸽子栖息于广场，繁衍生殖，也有几百年之久。不过，鸽粪撒在威尼斯华丽的古建筑上，玷污了洁白的石雕，而且对于大理石石雕起着腐蚀作用。曾经几度有人提议消灭鸽子，但是鸽子深受游人与当地居民的喜爱，这些提议都遭到了否决。正因为这样，一群群鸽子仍自由自在地生活在圣马可广场。

■ 威尼斯岛的中心、最热闹的所在是圣马可广场

在威尼斯，我见到一帧难忘的照片：一座数十米高的钟楼，突然倾倒，摄影师抓拍了这一触目惊心的瞬间。

这帧照片摄于1902年。当时，威尼斯钟楼已经倾斜，摇摇欲坠。一位摄影师架好了照相机，日夜守候在钟楼旁。当钟楼终于倒塌的一刹那，他按下了快门，拍到这张难得的照片，发了一笔大财。

在威尼斯，钟楼倒塌并不只是这一次。1544年，一座60米高的威尼斯钟楼在雷电交加中倒塌。

这次我在威尼斯也见到一座钟楼，已经明显倾斜，仿佛比萨斜塔一般。我拍下了这座钟楼的照片——虽说拍的不是钟楼倒塌的那一刹那，但是在所得的照片上，钟楼已经明显地与四周的建筑物构成一个倾斜角度。

威尼斯的钟楼从倾斜到倒塌，是因为威尼斯岛是泥沙冲积而成，地基疏松，而钟楼又高又瘦，最易倒塌。威尼斯岛上众多的建筑，其实都是建造在数以千计的木桩之上。在古代，没有钢筋，也没有水泥，靠用木桩打地基，要打进地下达7米多深。所以，威尼斯人说，他们是生活在木桩之上。也正因为这样，圣马可教堂造了几百年，很多时间花费在打木桩上。

■ 威尼斯水城的小巷，伸开双臂，就能摸到两边的墙

在威尼斯水城漫步，我发现，那里房子与房子之间形成的小巷，比上海的弄堂还窄。我伸开双臂，就能摸到两边的墙。这些小巷那么窄，实在是因为威尼斯水城寸土尺金，再说许多房子倚河而建，运送大件物品可以依仗船只，用不着在小巷中进进出出。就在这么窄小的巷子里，居然还开着小咖啡店、小酒吧、小餐馆和小杂货店。

在威尼斯岛上，已经没有一块空余的土地。这里拥挤着上万间古老的房子。为了保持古城风貌，这里不允许建造任何现代化的高楼大厦。可以说，威尼斯水城是一座已经凝固了的城市。也正因为这样，这里的房价是意大利最贵的——尽管都是些上了年纪的老房子。

在威尼斯岛上，唯一的工厂是玻璃厂。威尼斯玻璃厂所生产的不是现代化的大型平板玻璃，而是凭借玻璃艺匠那双巧夺天工的手，生产五光十色、造型别致的玻璃工艺品。

威尼斯曾有着"玻璃王国"的美誉。

世界上第一面玻璃镜，便是在威尼斯诞生的。在300年前，威尼斯是世界上玻璃工业的中心。最初，威尼斯人是用水银（即汞）来制造玻璃镜。就是先在玻璃上紧贴一张锡箔，然后再倒上水银。因为水银能够很好地溶解锡，变成一种黏稠的银白色液体——锡汞齐。这种锡汞齐能够紧紧地粘在玻璃上，成为一面镜子。

威尼斯的镜子轰动了欧洲，成为一种非常时髦的东西。欧洲的王公贵族、阔佬显要们都争先恐后地去抢购镜子。当法国王后玛丽·德·美第西斯结婚的时候，威尼斯国王送了一面小小的玻璃镜给她作为贺礼。现在看来，一个国家只送一面小镜子作贺礼，未免显得太寒碜；然而在当时，这却是非常珍贵的礼物。它的价值高达15万法郎！

制造镜子的方法，在威尼斯是保密的。他们制订了这样的法律：谁要是把制造玻璃镜的秘密泄露给外国人，立即就要被处以死刑。而且，他们还更进一步把所有的镜子工厂，都搬到木兰诺孤岛上去。孤岛，处于严密的封锁之中。这样，威尼斯就垄断了世界上镜子的生产，法国的金钱，便不断地流到威尼斯的口袋里去。

"这样下去可不行啊！"法国的贵族达官们都这样嘀咕着。不久，驻威尼斯的法国大使突然收到了一封来自巴黎的密信，叫他想尽一切办法，从速收买几个威尼斯镜子技师，偷运到法国去。法国大使费尽心机，总算完成了使命。1666年，在法国的诺曼底出现了法国的第一个镜子工厂。

然而，制造水银镜子太费事了，要整整花一个多月的工夫，才能做出来，况且，水银又有毒，镜面也不算太亮。100多年前，德国科学家利比息接着又发明了镀银的玻璃镜——这就是你现在用的镜子。

如今，威尼斯虽然不再以玻璃镜享誉欧洲，但是威尼斯的玻璃工艺品却倾倒了每一位前往威尼斯的游客……

印度第一名胜泰姬陵

每当外国首脑访问印度，在新德里忙完会谈之后，总是要应印度政府的邀请，从新德里专程前往阿格拉。

阿格拉拥有古迹一"红"一"白"。说实在的，外国首脑前往阿格拉，倒不是为了参观王宫红堡，因为在德里也有同样的王宫红堡，何必舍近求远到阿格拉看红堡呢？

凡是到阿格拉的外国游客，无一不是冲着阿格拉的"白"——泰姬陵来的。

泰姬陵，印度第一名胜。光是这"印度第一"还不算是"顶级头衔"，因为泰姬陵享有世界级的声誉——她是"世界七大奇观"之一。

在2300年前（公元前3世纪），腓尼基的旅行家昂蒂帕克写下自己"亲眼所见，永难磨灭"的世界七大奇观的名称：

胡夫金字塔（埃及吉萨）

空中花园（伊拉克巴比伦）

宙斯神像（希腊奥林匹亚）

亚底米神庙（土耳其以弗所）

摩索拉斯王陵墓（土耳其哈利卡纳苏斯）

太阳神铜像（希腊罗得港）

法洛斯灯塔（埃及亚历山大）

但是后来空中花园、摩索拉斯王陵墓、太阳神铜像、法洛斯灯塔毁于地震，宙斯神像和亚底米神庙毁于火灾，昂蒂帕克所开列的世界七大奇观，有六大奇观不复存在。

另外，由于昂蒂帕克并没有到过中国，也没有去过印度，所以他的"亲眼所见"有很大的局限性。

为了弥补昂蒂帕克开列的世界七大奇观名单的不足，法国人贝尔纳·韦伯在2001年创办"世界新七大奇观"基金会，发起世界新七大奇观网上选举。经过网民投票，从200多个世界景点中选出77个较优秀的景点，再从77个较优秀景点中评选出21个优秀景点，最后从21个优秀景点中评选出"世界新七大奇观"。

当年昂蒂帕克评选世界七大奇观，纯属个人见解，难免偏颇。这一次，由世界各国民众进行网上投票，就公正得多。

2007年7月7日，在这个有着3个"7"字的日子，"世界新七大奇观"投票结束。翌日凌晨，"世界新七大奇观"基金会在葡萄牙首都里斯本公布票选结果，依照得票多少排列：

中国长城

约旦佩特拉古城

巴西基督像

秘鲁印加马丘遗址

墨西哥奇琴伊查库库尔坎金字塔

古罗马斗兽场

印度泰姬陵

此外，埃及的胡夫金字塔"理所当然"是世界奇观，是用不着评选的。用埃及官员的话来说，"要金字塔去竞争一席之地是一种侮辱"。

从这一评选结果可以看出，中国长城居"世界新七大奇观"之首，而印度泰姬陵押尾。

正因为泰姬陵是世界级的奇观，同时也是印度知名度最高的古迹，所以印度人说，如果没有到过泰姬陵，就等于没有到过印度。陪同我的乌玛桑戈告诉我，美国总统奥巴马在2010年11月访问印度时，在新德里完成国事访问之后，从新德里专程前往泰姬陵。奥巴马车队沿高速公路从新德里到泰姬陵约两个半小时。印度警方为奥巴马的到访对泰姬陵进行清场，游客在三四个小时内无法进入泰姬陵，直到奥巴马的车队离去。

正如把"Coca-Cola"译成"可口可乐"、把"Benz"汽车译成"奔驰"汽车是一种高超的中文妙译，把"Taj Mahal"译成"泰姬陵"，也可以说是一个精彩的中文译名。

"Taj Mahal"原意是"宫中明珠玛哈尔"。玛哈尔，就是王后慕塔芝·玛哈尔（Mamtaz Mahal）。泰姬陵是莫卧儿王朝第五代国王沙杰汗为他的第二任妻子慕塔芝·玛哈尔所建造的陵墓，"Taj Mahal"曾经被译成"泰吉·玛哈尔陵"。后来译成"泰姬陵"，不仅简练，而且把"吉"改为"姬"这一字之易，凸显了墓主的帝王之妾的身份。

泰姬陵在阿格拉郊区，亚穆纳河畔，离王宫红堡不远。轿车驶近泰姬陵，我就看见路边三步一岗，五步一哨，荷枪实弹的军人在那里逡巡。

乌玛桑戈在泰姬陵参观售票处买了3张门票，我看了一下，很惊讶：我和妻作为外国人，买的是红色的门票，每张750卢比，相当于150元人民币；他作为本国居民，买的是黄色门票，每张20卢比，相当于4元人民币，仅为外国人门票价的1/37！

在印度所有景点的安全检查之中，泰姬陵是最为严格的。在前庭的入口处，男女游客分开，排起两列长队。那里不仅设有安全检查的探测门，而且检查人员还用金属探测器检查，并翻看游客的衣袋、手提包，连口红、香水、打火机、饮用水都不能带进去。由于

■进入泰姬陵要进行严格的安全检查，游客排起了长队

■在泰姬陵入口处接受安全检查

■ 无比精美的泰姬陵

我是外国人，通过安全检查之后，送给我一瓶纯净水、一双塑料鞋套。印度本国居民则没有这样的礼遇。

我走向泰姬陵，首先看到的是一座高达30米、色彩配置非常协调的尖拱门城楼。这座门楼的主体是用粉红色（不是大红色）红砂石，镶嵌了许多雕花的白色大理石，顶上两边是两座八角亭。整座门楼如同精美的工艺品。

当我走过城楼的尖拱大门，通体雪白的泰姬陵陵墓主体就展现在我的面前。

在门楼与泰姬陵之间，是一个宽大的长方形的花园，南北长580米，宽305米，叫做莫卧儿花园。花园的正中，是一条笔直的喷水池，从尖拱大门一直伸到泰姬陵前，成为花园的中心线，两边的步道、草坪、树木，都是严格对称的。就连泰姬陵以及两边高高的宣礼塔、两侧的两座清真寺，都以这中心线为对称轴。

在下午强烈的阳光下，白得耀眼的泰姬陵倒映在长长的喷水池的碧波之上，如同两座上下对称的泰姬陵。我不由得佩服设计者超一流的匠心。

一边慢慢地沿着喷水池旁的步道向泰姬陵走去，一边沿途不断拍照，我发现，如果在泰姬陵前留影，站在门楼入口处拍摄，泰姬陵显得太小；站在泰姬陵跟前拍摄，只能拍到泰姬陵的局部；最合适的地方，是在喷水池1/2处，那里能拍摄到泰姬陵的全部，不大也不小。

艺术的殿堂

77

■ 印度最著名的泰姬陵

泰姬陵是典型的伊斯兰建筑，主体建筑呈八角形，中间是一个洋葱头式的大圆顶，两边是两个洋葱头式的小圆顶，中央圆顶高达 62 米。四角矗立着四个各为 41 米高的宣礼塔。只有伊斯兰教才有宣礼塔。这四个宣礼塔都向外倾斜 12 度，这是因为设计师考虑到万一遭遇地震，宣礼塔只会向外倒下，而不会倒向泰姬陵主体，以免给陵墓主体造成损伤。这也可以看出当年设计师的设计是何等的精心，虑事是何等的周密。

一个漂亮的姑娘，不论从什么角度看过去，都是楚楚动人的。泰姬陵就是一位天仙般的姑娘，不论从什么角度拍摄，造型都是那般美丽动人。

泰姬陵最引人注目的，是全部用纯白的大理石砌成。白色，是纯洁的化身。蓝天映衬下的纯白的泰姬陵，如同飘在碧空的一朵淡定的白云，如同浑身裹着白色纱丽的仙女，充满诗情画意，所以泰姬陵被誉为"大理石上的诗"。

我是在阳光最强烈的时候来到泰姬陵的。据说，在清早日出时或者傍晚日落时观赏泰姬陵，又会给人另一种美感。因为在旭日或者夕阳的照耀下，

■ 泰姬陵之侧高高的宣礼塔

艺术的殿堂

79

泰姬陵被镀上一层明亮的金色，比白天更加妩媚，更加娇柔，别有一番情景在前头。正因为这样，不少游客在白天游览泰姬陵之后，又特地在黎明时分或者黄昏时刻赶往泰姬陵，欣赏穿了金光闪闪的睡袍的泰姬陵。

其实，白色的美女是最容易打扮的。狂风暴雨中的泰姬陵如同擎天柱，月夜的泰姬陵则冰清玉洁，雾蒙蒙时节的泰姬陵成了"犹抱琵琶半遮面"的羞涩少女，又如同在云雾中缥缈的海市蜃楼，春夏秋冬的泰姬陵各有不同的美的意境。在不同的光线下，泰姬陵分别呈现白色、琥珀色、灰色、银色和金色。

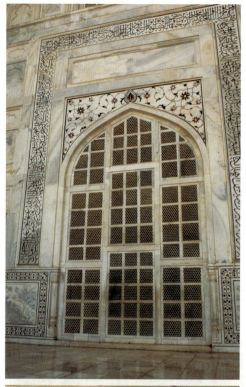

近了，近了，走近泰姬陵的基座，按照当地的规定，要穿上鞋套，以保护泰姬陵，而印度人则赤脚上了基座。泰姬陵的基座，正面铺着白色大理石，两侧以红砂石与大理石相间。

近距离观看泰姬陵时，见到白色的大理石上刻着精细的浮雕，有各种印度风格的花纹与图案。

我绕着陵墓走了一圈，看到陵墓的后面便是宽阔的亚穆纳河，河水川流不息地从泰姬陵前流过。陵墓总共有四个门。沿着台阶走上去，方可入门。那大理石的台阶承受的人流量太大，已经有点磨损，外面特地铺了一层木板加以保护。

进入陵墓之后，里面只有从外面透进来的几缕阳光，一下子变得暗淡朦胧。待眼睛逐渐适应了墓内的环境，我才看见墓室正中是一个用镂空的大理石屏风围起来的四方形房间。精雕细刻的大理石上，镶嵌着五光十色的宝

■ 泰姬陵无比精细的雕刻

石。房间正中，在雕花的大理石平台上，安放着一副石棺。在石棺的另一侧，安放着另一副石棺。乌玛桑戈告诉我，正中央的是王后慕塔芝·玛哈尔的石棺，旁边的是莫卧儿王朝第五代国王沙杰汗的石棺。

我感到奇怪，怎么会是王后的石棺居中，而国王的石棺偏居一隅呢？最合理的安排，当然是以中心线为对称轴，一左一右安放着国王和王后的石棺。或者是国王居中，王后在一侧。

不过，这里是泰姬陵，是国王沙杰汗专为王后玛哈尔建造的陵墓，照理只应有王后玛哈尔的石棺，怎么国王沙杰汗死后，也安葬在这里呢？

这其中有着哀怨凄楚的爱情故事，又有着诡谲多端的宫廷政变故事……

当国王沙杰汗还是王子的时候，19岁的他已经结婚。他常常喜欢穿便装走出阿格拉王宫红堡，观察普通百姓的生活。有一回，他在阿格拉的市场上，看到一个仙女般的女子在卖绿宝石，便上前搭讪，询问那颗绿宝石多少钱？然而他的目光却并没有落在宝石上，而是盯着那年轻女子纱丽下的俊俏脸庞。

女子厌恶沙杰汗那紧盯的目光，看到他的衣着普通，也就随口开了个大价钱："这颗绿宝石值1万卢比，你想不想买？"不言而喻，女子想借此打发眼前这汉子。

万万没有想到，那男子居然一口答应："我要！"

他从衣袋里掏出一袋金卢比！

女子大吃一惊。那男子从女子手中买下了绿宝石，从此跟她有了交往。

她就是慕塔芝·玛哈尔，一位有着波斯血统的姑娘。

沙杰汗王子苦苦追求玛哈尔，玛哈尔为沙杰汗王子的真诚所感动。1612年，沙杰汗王子在王宫红堡迎娶19岁的玛哈尔，玛哈尔成为沙杰汗王子的第二位妻子。

玛哈尔不仅具有倾城倾国的美貌，而且聪颖智慧，脾气温和，能诗善画，能歌善舞。沙杰汗王子深深爱着王妃玛哈尔，封她为"泰姬"，意即"宫中的明珠"。

最使沙杰汗王子感动的是，王妃玛哈尔不仅能够同欢乐，而且能够共患难。沙杰汗王子由于与父王查罕杰发生矛盾，被赶出王宫，放逐7年。在那些艰难的日子，玛哈尔随同沙杰汗王子过着放逐生活，并为沙杰汗王子东山再起献计献策。1627年国王查罕杰去世时，沙杰汗王子战胜他的兄弟，得以在1628年登基，成为莫卧儿王朝第五代君主，玛哈尔也从王妃成为王后。

玛哈尔由于生育太多，身体日渐虚弱。1631年沙杰汗南征，身怀六甲的她陪伴夫君一起出征。在玛哈尔与沙杰汗婚后的19年间，已经生了13个孩子，其中7个孩子夭折，长大成人的有4男2女。1631年，玛哈尔在布尔汉普尔的营帐之中生产第14个孩子——一个女儿的时候，难产而亡，年仅38岁。

玛哈尔临终之际，沙杰汗泪流满面，问妻子有何嘱托？

玛哈尔向国王道出三项嘱托：一是善待子女；二是不要续娶；三是为她建造一座能和她的容貌匹配的美丽的陵墓。

沙杰汗一一答应，玛哈尔终于宽心地走向天国。

沙杰汗果真遵守承诺，没有续弦，鳏身至死。在王后故世之后，沙杰汗便着手于"为她建造一座能和她的容貌匹配的美丽的陵墓"。当时，莫卧儿王朝正处于鼎盛时期，国力富强。沙杰汗聘请本国以及波斯、土耳其、巴格达最优秀的建筑师，为爱妻设计一座空前绝后的陵墓——泰姬陵。沙杰汗还利用手中至高无上的权力，动员镶嵌师、书法师、雕刻师、泥瓦工、采石工等，共计2万多人，参加泰姬陵的建设。

建设泰姬陵，成为莫卧儿王朝最重大的工程。泰姬陵占地17万平方米。考虑到泰姬陵用大理石建造，主体非常沉重，为了陵墓主体建筑的牢固，必须打好地基：在陵墓主体下方挖了18个井，每个井都以一层石头、一层柚木的方式，把地基层层叠起，以减低地震对主体的影响。

建设泰姬陵的那些白色大理石，是从300多千米外德干高原的采石场艰难地运来的。在没有大卡车、没有起重机的岁月，搬动那么多大理石的工作量之大，可想而知。

泰姬陵大理石上镶嵌着无数宝石作为装饰。这些宝石有来自中国的水晶、玉和绿宝石，巴格达和也门的玛瑙，斯里兰卡的红宝石，阿拉伯的珊瑚等。

泰姬陵从1631年动工，直到1653年才终于竣工，历时22年之久。

泰姬陵建成时，装有玛哈尔遗体的石棺被隆重移入陵墓，安放在陵墓正中。在石棺的左上方，正对着她的心脏的位置，悬挂着一个水晶球，水晶球会一滴一滴地流下代表国王眼泪的水，滴在玛哈尔的心脏上。

在泰姬陵建成之后，沙杰汗每隔七天，便披上白衣到泰姬陵去献花，每一回他都眼眶里噙着泪水而归。

与此同时，沙杰汗又在德里进行另一项浩大的工程，建设新的王宫——红堡。

这一白一红举全国之力才能完成的工程，耗费了莫卧儿王朝的大量人力、物力，使莫卧儿王朝丰厚的底子日渐变薄。

当沙杰汗国王醉心于这两项巨大工程的时候，放松了对国家大政的管理，也疏于对子女的教育——玛哈尔临终三项嘱托的第一项原本就是"善待子女"。

1657年，66岁的沙杰汗身染重疴，他与玛哈尔所生的4个儿子各据一方，开始为争夺王位明争暗斗。

沙杰汗原本是让长子担任王储。在这场激烈的内讧之中，第三个儿子奥伦泽布不仅杀死了长兄，赶走了二兄，监禁了小弟，而且还把父亲沙杰汗也软禁起来。

1658年，奥伦泽布宣告自己是莫卧儿王朝第六代国王。他一直执政到1707年，统治印度达半个世纪之久。

奥伦泽布虽然软禁了父亲沙杰汗，但是他尊重父亲对母亲的一片深情，把沙杰汗囚禁在阿格拉王宫红堡的东南角，那里有一座八角形的石塔小楼，登临塔顶可以望见十几千米外的雪白的泰姬陵。

在那里，年老而又多病的沙杰汗，每天望着泰姬陵长吁短叹。幸好有他和玛哈尔所生的小女儿的陪伴，总算度过那漫长而又寂寞的日子，玛哈尔就是为了生这个小女儿难产而死。

经过7年的囚禁，沙杰汗终于倒在病榻之上，无法站在窗口凝望泰姬陵，小女儿拿来一颗钻石，借助于钻石的折光，使沙杰汗能够看见泰姬陵。

1664年，满头白发的沙杰汗躺在小女儿的怀里，永远闭上了眼睛，离开了这个世界。

在沙杰汗死后，儿子奥伦泽布决定把父亲也安葬在泰姬陵，让他永远与玛哈尔在一起。由于玛哈尔的石棺已经安放在泰姬陵正中，为了不惊动在天国的她，所以没有移动玛哈尔的石棺，而让沙杰汗的石棺安放在玛哈尔石棺之侧。不过，如今的泰姬陵的石棺是空棺，沙杰汗和玛哈尔的遗骨被安放在石棺之下的地下室里。

沙杰汗原本计划在亚穆纳河对岸为自己建造一座造型与泰姬陵完全一样的陵墓，但要用黑色大理石建造，这样两座纯黑纯白的陵墓，象征着两人的爱情纯洁得没有一丁点儿杂色。沙杰汗还要在亚穆纳河上，用黑白两色的大理石建一座桥，把黑白两座陵墓紧紧相连。

由于沙杰汗被儿子奥伦泽布夺权，他充满浪漫色彩的计划终于无法实现。

艺术的殿堂

其实沙杰汗的石棺安置在泰姬陵里，让他在天国与玛哈尔永远形影不离，比另建一座黑色陵墓更好。

就美学而言，沙杰汗建造一座黑色陵墓的设想并不好，黑色显得阴森，黑色的巨大的陵墓会给人一种恐怖感，而不像纯白的泰姬陵给人以美的感受。

奥伦泽布夺权的那一年，决定迁都德里。沙杰汗精心策划、打造的德里红色王宫，自己没有住上一天，却被篡位的儿子所占用。

此后莫卧儿王朝逐渐衰落。

1764 年，莫卧儿王朝国王阿拉姆沙向英国东印度公司投降，莫卧儿王朝从此沦为英国殖民者的附庸。

1857 年，印度人民起义，推举莫卧儿王朝末代国王巴哈杜尔沙二世为领袖。起义失败之后，巴哈杜尔沙二世被流放缅甸。

翌年——1858 年，英国女王获"印度皇帝"的称号，莫卧儿王朝宣告覆灭。

有感于沙杰汗与玛哈尔这对"东方的罗密欧与朱丽叶"生死不渝的爱情，印度文豪泰戈尔写下《情人的礼物》这首诗：

> 你容许你君主的权力化为乌有，
> 沙杰汗啊，
> 可你的愿望本是要让一滴爱情的泪珠不灭不朽。
> 光阴对人心毫无怜悯之情，
> 他嘲笑人心记忆追思的悲伤挣扎。
> 你以美诱惑光阴，
> 给不成形体的死亡戴上形体永不凋谢的花冠。
> 夜深人静时在你爱人的耳边悄声细语的秘密，
> 都精心制作在石块的永恒沉默里了。
> 虽然帝国崩成齑粉，
> 世纪消失于阴影，
> 大理石依旧对繁星叹息："我记得。"
> "我记得。"——可是生命倒忘记了，
> 因为生命自有她对无穷所负的使命；
> 她把她的回忆留给美的寂寞形体，
> 她自己便轻装继续航行。

泰姬陵确实瑰丽壮观，我在泰姬陵逗留了两个多小时，拍摄了诸多照片，泰姬陵永远凝固在我的记忆屏幕上。

参观毕泰姬陵，我忽然发觉一个缺憾：泰姬陵里，竟然没有玛哈尔的雕像？就连一幅画像也没有。至今人们只知道玛哈尔倾国倾城，到底是怎样的美呢？

■ 泰姬陵的尖拱门城楼

我不由得记起玛哈尔临终时对沙杰汀所说的那句话，"为她建造一座能和她的容貌匹配的美丽的陵墓"。哦，泰姬陵就是她的化身，就是她的倩影。泰姬陵的美丽就是她的美丽。正因为这样，这座世界上最华丽的陵墓，给后

■ "抓起"泰姬陵

人留下了无限的想象空间，因为只有世界上容貌最俊美的王后，才配拥有如此华美的陵寝，作为她一生最完美的句号。

巴黎的艺术宫殿——
卢浮宫与凡尔赛宫

美国电影《坦泰尼克号》曾风靡全球。电影中男女主角那船头富有诗意的造型，得到一致好评：女主角张开双臂，男主角紧紧搂住她的腰，他俩像迎风展翅的海燕……

导演的这一艺术构思，据说是从胜利女神的造型中得到了启发。

英国"劳斯来斯"汽车车头上的标志，也是胜利女神。

名牌运动鞋"耐克"的希腊语原意就是"胜利女神"。

在法国巴黎的艺术宫殿卢浮宫，我见到了作为"镇宫之宝"的胜利女神塑像。非常遗憾的是，胜利女神没有头，也没有双臂。尽管这座雕像残缺不全，但是胜利女神那张开双臂、挺着胸脯，迎接海上狂风暴雨的勇敢姿势，仍使人为之倾倒。那紧贴在女神身上被雨水打湿的衣裙，勾勒出女神优美的曲线；那飞舞的衣带，生动地表现出海风狂烈的情景……

胜利女神是1863年在希腊萨莫特拉斯发现的。据考古学家考证，胜利女神是希腊雕塑家在公元前190年创作的。出土的时候，胜利女神的头部和双臂就已经残缺。尽管如此，这座雕像还是显示了古希腊雕刻家的第一流水平……

这座高达3米的胜利女神雕像，如今高踞于卢浮宫显要的位置。川流不息的人群，每天从胜利女神的雕像前走过，人们向她投以注视的目光。

卢浮宫坐落在巴黎塞纳河北岸，是世界闻名的艺术宫殿。我早就听一位朋友说，他在卢浮宫参观了3天，还说只是走马看花。

其实，卢浮宫最初是一座防护用的城堡。1190年，国王菲利浦·奥古斯在塞纳河畔建造这座城堡，为的是用来收藏国王的金银财宝以及国家档案。到了14世纪，国王查理五世常常到这里居住，开始把这个城堡改建成王宫。后来，路易十三、路易十四又不断扩建卢浮宫，使卢浮宫成了一座规模宏大的王宫。

1682年，法国的王宫迁往凡尔赛，卢浮宫被用来收藏历代法国国王收集的艺术珍品。这样，卢浮宫开始变成一座艺术博物馆。

日积月累，卢浮宫收藏的艺术珍品越来越多，成了

■ 卢浮宫三件宝之一——胜利女神雕像

一座名副其实的艺术宫殿。如今，卢浮宫收藏的艺术品已经多达40万件。

卢浮宫看上去像一个巨大的"U"字，中间是一个广场。广场上新建了玻璃金字塔，卢浮宫的入口处就在那里。

我从玻璃金字塔敞开的大门走进去，迎面就是卷扬式电梯，沿着电梯下去，来到一个巨大的豪华的地下大厅。地下大厅可供休息、餐饮、购物。我沿着地下通道，走向卢浮宫的展厅。

进入卢浮宫这座艺术宫殿，如入山阴之道，目不暇接。这里有油画大画廊，长达400多米。这里的雕塑长廊，集中了世界最优秀的雕塑作品。最使我感到欣慰的是，这里所有的油画和雕塑，任你拍照，不像国内的一些景点和展厅，处处挂着"不准摄影"的牌子。

卢浮宫的"镇宫之宝"，除了胜利女神之外，还有著名的维纳斯雕塑和油画蒙娜丽莎，合称卢浮宫"三件宝"。

维纳斯雕像的知名度要比胜利女神高。维纳斯雕像的复制品，随处可见。

艺术的殿堂

87

在卢浮宫，我见到了维纳斯雕像的真品。在这座洁白、美丽动人的雕像前，人头攒动，人们轮流在雕像前拍照留念，前边的人刚刚才站了一两秒钟，马上又有一个人站了过去。

维纳斯雕像也是希腊雕塑家的杰作。这座雕像是希腊的一个农民于1820年在爱琴海的米罗斯岛上发现的。一个希腊商人以很低的价钱买下了这座雕像。正巧，一艘法国军舰停泊在附近，得知消息，法国军人强行从希腊商人手中买下来这座举世无双的雕像，献给了法国国王。从此，维纳斯雕像成了法国的国宝。

据考证，维纳斯雕像是希腊雕塑家在公元前2世纪末创作的。维纳斯雕像原本是有双臂的。后来，在战争中，爱神维纳斯雕像成了双方争夺的对象，在激烈的争夺中，损坏了雕像的双臂。从此，维纳斯雕像跟胜利女神雕像一样，都成了"残疾"雕像……

维纳斯雕像是迄今最美的雕像。多少雕塑家期望恢复维纳斯雕像的全貌，可是设计了多少维纳斯双臂的方案，始终未能如愿……

油画蒙娜丽莎也是我所熟悉的。油画蒙娜丽莎的复制品，跟维纳斯雕像的复制品一样，多得数不清。

可是，在卢浮宫里，如果没有别人指点，我简直难以找到油画蒙娜丽莎。

在整个墙壁挂满的大大小小的油画的下方，我见到很多人簇拥在一幅不起眼的油画前。我挤进人群，这才见到一幅只有报纸两个版那么小的油画。在卢浮宫里面，这样的油画要算是很小很小的了。这里的油画，通常有两幅床单那么大，也有的油画有10幅床单那么大。这幅小小的油画前，还罩着一块玻璃——在卢浮宫里，几乎见不到一幅油画是用玻璃罩起来的。

■卢浮宫三件宝之———维纳斯雕像

我定睛一看，这幅小小的油画，就是蒙娜丽莎原作！

蒙娜丽莎原作是无价之宝。在1911年，这件卢浮宫的镇宫之宝，突然被盗！

经过两年的追查，这才在意大利佛罗伦萨的一家饭店找回被盗的蒙娜丽莎原作。

在卢浮宫的三件宝之中，胜利女神雕像和维纳斯雕像都是必须动用起重机才能搬动，唯有油画蒙娜丽莎最为轻巧，被盗的可能性最大。自从发生那次盗窃事件之后，卢浮宫加强了戒备，在蒙娜丽莎油画前面，安装了厚厚的玻璃以及自动报警器。

蒙娜丽莎是意大利艺术大师达·芬奇的名作。达·芬奇是以一个名叫蒙娜丽莎的少妇作为原型创作的，所以这画就叫"蒙娜丽莎"。蒙娜丽莎油画的成功，足在于蒙娜丽莎那含蓄的微笑——她的双唇微微启开，嘴角挂着一丝微笑。这微笑，被视为高雅的微笑，最有教养的微笑。因此，油画蒙娜丽莎又被人们称为"永恒的微笑"。

达·芬奇也非常喜欢自己的这一作品。他走到哪里，就把这幅油画带到哪里。法国国王弗朗索瓦一世一眼就看中了这幅油画，出高价向达·芬奇买下了这幅作品。从此，蒙娜丽莎一直在卢浮宫里展现"永恒的微笑"。

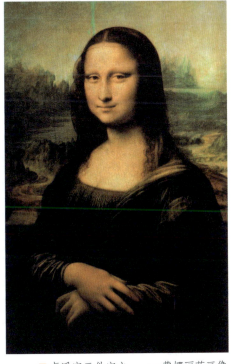

不论是胜利女神雕像、维纳斯雕像，还是油画蒙娜丽莎，其实本来都不是法国的，如今却成了法国的国宝。据说，在1911年意大利人从罗浮宫里窃走油画蒙娜丽莎，就是认为这是意大利国宝，不该放在法国的卢浮宫……

法国人却说，正因为卢浮宫所收藏的不仅仅是法国的艺术珍宝，而是收藏了世界的艺术珍宝，这恰恰表明，卢浮宫是世界性的艺术宫殿。

当然，法国人还有一句没有说出来的话：能够把别国的国宝变成

■ 卢浮宫三件宝之———蒙娜丽莎画像

■ 叶永烈在巴黎凡尔赛宫前

法国的国宝，这正是法国强大的象征。

在卢浮宫里漫步，我深深地被满目琳琅的艺术珍品所吸引。确实，在这里待上3天，还只是走马观花而已。如果要细细领略，待上一个月，都还显得不够。

在巴黎，还有一座跟卢浮宫相媲美的艺术宫殿，那就是凡尔赛宫。

凡尔赛宫在巴黎西南，离市中心大约20千米。相比之下，凡尔赛宫要比卢浮宫大得多。

下车之后，我便见到有人在向游客兜售凡尔赛宫的彩色画片。

走近凡尔赛宫，首先映入眼帘的就是一个巨大的广场，广场上竖立着一个高高的雕像——法国国王路易十四的青铜塑像。

凡尔赛宫的奠基者，就是路易十四。

这里原本是一片荒山野岭。喜欢打猎的路易十三，把这里当成猎场，常常光临。他在这里修筑了小城堡，以便在打猎的时候，住上一两夜。

路易十四继位之后，巴黎城里爆发了"反王权运动"，他很想在巴黎市区之外另建王宫。恰巧，就在这个时候，财政大臣福凯建成了自己的宫殿——"子爵谷城堡"。福凯举行盛大的宴会，遍请王公大臣，把继位不久、年仅23岁的路易十四请去。路易十四见到福凯的宫殿富丽堂皇，心中极其不快。

回去之后，路易十四就以贪污罪把财政大臣福凯打进死牢。同时，路易十四提出要在凡尔赛建造新的王宫，这王宫的规模要比福凯的"子爵谷城堡"起码大10倍！

浩大的修建凡尔赛宫的计划，就这样决定了。

经过3万多名工匠的努力，凡尔赛宫的主体工程花费了28个年头才完成，整个凡尔赛宫工程花费了50年！路易十四等不到凡尔赛宫全部完工，就在1682年带领着王室成员和大臣们搬进了凡尔赛宫。从此，凡尔赛宫成了法国政府的所在地。

此后，又经过路易十五、路易十六的扩建，凡尔赛宫越发辉煌。

凡尔赛宫红红火火了107年。在1789年，路易十六被法国人革命的怒潮推上了断头台。凡尔赛宫也遭到了损坏。从此，凡尔赛宫成了一座冷宫。

又经过了148年，凡尔赛宫被法国国王路易·菲利浦改建为法兰西历史博物馆。从此，凡尔赛宫有了新的定位，一直延续到今日。

我步入豪华的凡尔赛宫，见到宫里有大大小小500多个厅。令人惊讶的是，每一个厅的四墙以至天花板，都画满了油画。走廊里竖立着一尊尊精美的雕像。当年建造凡尔赛宫花费那么长的岁月，大抵把时间花费在绘制这么多油画、雕刻这么多雕像上。我注意到，在凡尔赛宫的一个大厅里，墙上竟画着中国元朝民间风俗画！这表明，在那时候，法国已经与中国有了文化交流。

凡尔赛宫固然美轮美奂，而凡尔赛宫的后花园更令人心旷神怡。凡尔赛宫占地11万平方米，而后花园的面积达100万平方米。

在绿树和草地簇拥之下，一池湖水映照着蓝天白云。湖边，湖中，一座座青铜雕像星罗棋布。

更妙的是，与凡尔赛宫国王的大办公室相连，有一条由巨镜组成、长达75米的"镜廊"，把后花园的秀丽景色收于镜中！这不能不说是凡尔赛宫设计师的神来之笔！

卢浮宫和凡尔赛宫，这一对姐妹艺术宫殿，浓缩了法兰西的艺术精华，浓缩了法国的历史进程。正因为这样，我从卢浮宫和凡尔赛宫认识了法兰西民族，认识了法国。

艺术的殿堂

漫步大英博物馆

在美国纽约细细参观过大都会艺术博物馆，在法国巴黎流连忘返卢浮宫，这两者与伦敦大英博物馆并称为世界三大博物馆，这一回终于在伦敦探访了大英博物馆。走遍世界三大博物馆，可以说是人生的历史、文化、艺术不可多得的享受。

大英博物馆（The Brtish Museum）又译为大不列颠博物馆，坐落在伦敦市区新牛津大街北面的大罗素广场、格雷·拉塞尔大街北侧。记得，在开罗参观埃及博物馆的时候，警察三步一岗，五步一哨，仿佛时刻都在提防有人偷盗文物，而大英博物馆前虽然也有警察值班，但是并不多，多的是探头——每一个角落差不多都安装了监视器的摄像头。大英博物馆四周是高高的铁栅栏，大门也是高大的铁栅栏门。

大英博物馆是不收门

■ 大英博物馆的罗马式大门

票的。走过铁栅栏大门，迎面就是花岗石外墙的"Π"形的高大的古罗马式建筑物，仿佛张开双臂拥抱观众。"Π"形的正中，是大台阶、大石柱的正门。正门颇有气派，高高矗立着两排各8根粗大的罗马式圆柱，而圆柱上方是一个三角顶，刻着一幅巨大的精美浮雕。三角顶上，高高飘扬着米字旗。

走进正门，是一个大中庭（the Great Court），中间是一个巨大的圆柱形白色建筑物，四周是环形广场，顶上镶着1656块三角形的玻璃片，使这里成为光线明亮的欧洲最大的有顶广场。

■ 大英博物馆环形广场，顶上镶着1656块三角形的玻璃片

大中庭中央是圆柱形白色建筑物，原先这里是著名的大英图书馆。后来大英图书馆迁往伦敦圣潘克拉斯大街的新馆，这里改为大英博物馆的阅览室。

当年大英图书馆读者之中，有马克思、列宁、狄更斯等。其中特别是马克思，从

■ 大英博物馆原本是大英图书馆

1850年夏天拿到了大英图书馆的阅览证开始，便在这里开始了大量的阅读，直至1870年。在这20年里，马克思是大英图书馆最经常的读者，他在这里阅读了大量的图书。

光是 1851 年的 1 月至 9 月，马克思就在大英图书馆里读了以下图书：

1 月，他在读贵金属，货币，信用制度；

2 月，Hume 和 Locke 的经济学，及更多关于货币的著作；

3 月，Ricardo, Adam Smith 和流动性；

4 月，精读 Ricardo；

5 月，Carey, Malthus 和经济学原理；

6 月，价值论，财富论和经济学；

7 月，工业体系和农业收入；

8 月，人口论，殖民体系，罗马经济；

9 月，银行体系，农业经济，技术经济。

马克思阅读了 80 多位作者的经济和社会学著作。大英图书馆丰富的图书，为马克思写作《资本论》提供了大量的研究资料。

大英博物馆以大中庭为中心，而大中庭又以阅览室（即原大英图书馆）为中心。在大中庭环形广场四周，分布着 10 个分馆，即古近东馆、硬币和纪念币馆、埃及馆、民族馆、希腊和罗马馆、日本馆、中世纪及近代欧洲馆、东方馆、史前及早期欧洲版画和素描馆以及西亚馆。这 10 个分馆总共有 100 多个陈列室，总面积达六七万平方米，共藏有展品 400 多万件。

在世界三大博物馆之中，以大英博物馆的历史最悠久。

大英博物馆的创立，与英国汉斯·斯隆（Hans Sloane）爵士的名字分不开。

汉斯·斯隆是一位著名的内科医生，英国安妮女王以及国王乔治一世、乔治二世都曾请他诊病。他在 1719 年成为英国皇家医学院院长，1727 年继牛顿之后成为英国皇家学会会长。

这位内科医生，同时还是一位收藏家。1753 年斯隆去世，享年 93 岁。当时他的收藏已超过 71000 件。汉斯·斯隆的名言是："为人类福祉贡献心力。"他立下遗嘱，把自己所有的收藏品无偿捐献给国家。

英国政府以汉斯·斯隆的收藏品为基础，同时又收购了罗伯特科顿爵士和哈利爵士的收藏品，以伦敦蒙塔古大楼为馆址，成立了大英博物馆。1759 年 1 月 15 日，大英博物馆首次对公众免费展出。

到了 19 世纪初，由于大英博物馆的收藏品越来越多，蒙塔古大楼已经捉襟见肘了。于是 1823 年英王乔治四世决定在蒙塔古大楼北面建造一座新馆，并在19世纪40年代完成，这就是现在的罗马式建筑风格的大英博物馆。旧的蒙塔古大楼被拆除。

在新建的大英博物馆里，又建成了圆形的大英图书馆。大英图书馆收藏有大量珍贵的书籍、手稿和抄本，如莎士比亚作品的初版本，亨德尔的乐谱原稿和莫扎特、海顿等人乐谱的早期版本等，仅书籍就多达600万～700万册。

我按照大英博物馆提供的参观指南，在馆中倘徉。跟英国王室的温莎古堡、丘吉尔庄园以及格林尼治天文台室内不准拍照的规定有很大的不同，大英博物馆内允许观众拍照，所以我一边浏览，一边拍摄了大量的照片。

在大英博物馆众多的展品之中，我注意到这里的希腊馆所收藏的维纳斯雕像，竟然是完好无损的。

关于巴黎卢浮宫所收藏的维纳斯雕像为什么是断臂的，有过这样的传说：

1820年希腊爱琴海米洛斯岛的农民伊奥尔科斯在挖土时发现了维纳斯雕像，被一个土耳其军官知道，传出

■ 在大英博物馆内可以自由拍摄

■ 大英博物馆里未断臂的维纳斯

艺术的殿堂

95

消息。法国驻土耳其大使馆决定把它购买下来，运送到巴黎卢浮宫。据法国舰长杜蒙·居维尔的回忆，这个维纳斯雕像出土时并没有"断臂"，全身是完整的，右臂下垂、手扶衣襟，左上臂伸过头，握着一个苹果。

那么维纳斯女神的双臂是怎样被"断"的呢？

原来，当时法国驻土耳其领事路易斯·布勒斯特获悉这个塑像出土，就赶往伊奥尔科斯家里，提出以高价购买，农民同意了。但由于他手头没有足够的现金，就派舰长居维尔起航，连夜赶往君士坦丁堡（土耳其首都）报告法国大使。大使下令秘书带了钱随居维尔前往米洛斯岛，不料农民伊奥尔科斯这时已把维纳斯雕像卖给了另外一位希腊商人，且已装船外运。舰长居维尔当即决定以武力截夺。谁料英国得知这一消息后，也派舰艇赶来，双方展开激烈的争夺，混战中雕塑的双臂不幸被砸断。法国人虽然最后夺得维纳斯雕像，但却是一尊断臂女神雕像。

维纳斯是希腊神话中爱与美的女神阿芙罗狄忒，通常被人们想象成高雅美丽的少女，所以经常成为雕塑和绘画的取材对象。在公元前350年左右，古希腊著名艺术家普拉克西特列斯以他的情人美女芙留娜为模特，创作了多座维纳斯雕像。除了那座在英法争夺战中断臂的维纳斯雕像之外，大英博物馆保存了完整的维纳斯雕像。这两尊维纳斯雕像，都表现爱神准备下海沐浴的情景。不过，大英博物馆收藏的完整的维纳斯雕像，并

■ 蹲着的维纳斯雕像

不与断臂的维纳斯雕像完全一样，她的左上臂伸过头，但是手中并没有苹果。

照理，大英博物馆里这座完整的维纳斯雕像更加珍贵，但是广为人知的却是那座断臂的维纳斯雕像——也许是那座残缺的维纳斯雕像，留给人们更多的想象空间。

大英博物馆里，就在那座完整的维纳斯雕像旁边，我还看见一座蹲着的维纳斯雕像。据介绍，"这尊维纳斯雕像描绘的是她在沐浴时突

■ 参观过埃及博物馆的人一看就知道这许多雕像来自埃及

然被陌生人窥视的情景。受惊的女神羞涩地回过头，一手挡住胸部，另一只手试图遮盖住裸露的身体。整个躯体被刻画得丰满细腻，每一个细节都处理得圆滑生动，女性含蓄柔媚的人体美被作者用神的形象表现出来。"

在走访大英博物馆各馆时，我特别留意的是中国馆和埃及馆。

中国馆里的中国文物琳琅满目。中国馆收藏了甲骨文以及中国晋朝顾恺之的《女史箴图》等，总共2万多件中国文物，其中书画、织品等5224件，石、玉、金属文物18355件。

在埃及馆里，我看到丰富的收藏，其中罗赛塔石碑、法老木乃伊等都是稀世之宝。据称，大英博物馆所收藏的埃及文物的数量，仅次于埃及博物馆，而且拥有大量精品。

中国、埃及、希腊都是历史悠久的文明古国，众多文物却成了大英博物馆的收藏品。

大英博物馆的收藏品如此丰富，从某种意义上讲，是当年"大英帝国"作为"日不落帝国"时在全世界巧取豪夺的写照。

艺术的殿堂

97

■ 大英博物馆的中国馆

■ 大英博物馆收藏的中国珍贵瓷器

　　我漫步在大英博物馆，有欣赏人类文明瑰宝的喜悦，也有当年中国作为弱国遭受欺凌的悲伤。怀着这种错综复杂的心情，我走出大英博物馆的大门。

俄罗斯冬宫凝固着历史

对于我这个中国人来说，一提起圣彼得堡，就会想起十月革命，想起阿芙乐尔号巡洋舰上的一声炮响，想起列宁领导布尔什维克进攻冬宫……

毛泽东说过一句著名的话："十月革命一声炮响，给我们送来了马克思列宁主义。"

也是这一声炮响，催生了中国共产党。

然而，就在我来到圣彼得堡之前，"沙皇御座重回冬宫"正被媒体炒得沸沸扬扬。

美联社是这么报道的：

经过一番煞费苦心的修复，被闪亮的红天鹅绒装饰一新的俄罗斯沙皇御座，被重新安放在它原来的位置——圣彼得堡的冬宫里。

这是在80多年前共产党人发动十月革命推翻沙皇统治以来，这个代表罗曼诺夫王朝沙皇权力的象征物第一次重回老家。

在涅瓦河边富丽堂皇的冬宫圣乔治大厅（御座厅）里，举行了隆重的安放仪式。这里现在是极负盛名的爱尔米塔什博物馆所在地。修复御座的费用就是由该博物馆支付的。

在大厅的中央摆放着沙皇的黄金御座，座的上方悬挂着沙皇时代的双头鹰国徽。御座和脚凳一起摆放在覆盖着天鹅绒的基座上，脚凳的面上装饰着鸵鸟皮。

艺术的殿堂

99

■ 冬宫内沙皇的宝座　　　　　■ 叶永烈在冬宫

　　据俄罗斯 RTR 电视台报道，御座厅是在 18 世纪后期，由帝俄时代著名建筑师夸伦奇设计的。夸伦奇当时还设计了许多其他闻名遐迩的俄罗斯皇家建筑物。

　　在 1917 年的十月革命中，革命党人拆除了这里的一切，把御座上的双头鹰也搬走了。

　　在准备恢复御座期间，艾尔米塔什博物馆曾经花了 6 年时间研究和修复御座厅。

　　在出席星期六安放仪式的贵宾中，有圣彼得堡市市长雅克夫列夫和罗曼诺夫皇族的后裔德米特里王子。

　　德米特里王子告诉 RTR 电视台记者说："我觉得我们正在向前迈进。虽然我不是在俄国出生，但是在我心里，我始终是俄罗斯人，而且我感到我们正在亲眼目睹一场转变。"

　　尽管沙皇被推翻已经 80 多年，然而沙皇的坐椅——御座放回冬宫，如此被当回事，因为御椅是罗曼诺夫王朝沙皇权力的象征物，其潜台词就是沙皇又回来了！沙皇又回到冬宫了！

　　虽然在今日俄罗斯，十月革命已经被完全否定，沙皇又成了"伟大的沙皇"，罗曼诺夫王朝又得到颂扬，但是十月革命对于俄罗斯人毕竟刻骨铭心，毕竟是 20 世纪最重大的历史事件之一。十月革命不仅在俄罗斯建立了社会主义制度达 74 年之久，而且给许多国家送去了马克思列宁主义，许多国家建立了社会主义制度。正因为这样，一来到圣彼得堡，我就关注起那艘发出"十月革命一声炮响"的巡洋舰阿芙乐尔号。

阿芙乐尔号巡洋舰至今仍停泊在涅瓦河畔。虽然参观者锐减，但是它作为十月革命的象征，仍是圣彼得堡最引人注目的一道风景线。

"阿芙乐尔"的俄文原意为"黎明"或"曙光"。在罗马神话中，"阿芙乐尔"是司晨女神，她唤醒人们，送来曙光。阿芙乐尔号在取名时并不知道后来的命运，然而，它果真给人们送来曙光。

阿芙乐尔号于1900年5月在彼得堡下水。舰长124米，宽18米，水兵578名，在当时是很先进的军舰，是沙俄波罗的海舰队的主力。

"十月革命一声炮响"，这"炮"就是"阿芙乐尔"号巡洋舰上的舰首炮——那门152毫米的主炮。"炮响"的时间是在1917年11月7日晚上9时45分。

十月革命，实际上是发生在11月。所谓"十月"，是指俄历。1917年11月7日，也就是俄历10月25日。我请教了俄罗斯朋友，弄清楚公历跟俄历之间如何换算：俄历加上13天，就是公历。

俄罗斯朋友告诉我，"十月革命一声炮响"，这炮声在当时就是"一声"——主炮只响了一次，而且用的是没有弹头的空包弹。因为这"一声炮响"，是布尔什维克向冬宫发起总攻击的信号，并不是实弹炮轰冬宫。冬宫作

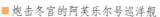

■ 炮击冬宫的阿芙乐尔号巡洋舰

为俄罗斯的著名建筑，需要保护，不能炮击。

布尔什维克，即 Большевик，俄文的原意为多数派。1903年俄国社会民主工党召开第二次代表大会，在制订党纲、党章时，以列宁为首的马克思主义者与马尔托夫等机会主义者展开了激烈的斗争。在选举党中央机关时，以列宁为首的马克思主义者获得多数票，被称为"布尔什维克"，亦即多数派。少数派则被称为"孟什维克"。从那以后，布尔什维克成为马克思主义者的称号。布尔什维克，后来也就成了苏联共产党。

由于发出这改变历史的"一声炮响"，阿芙乐尔号本身也成了保护对象。在第二次世界大战中，苏联为了保护阿芙乐尔号巡洋舰，特地把阿芙乐尔号自沉于港湾中，战争后期才把它打捞起来。

从1948年11月起，阿芙乐尔号巡洋舰作为十月革命的纪念文物，停泊在涅瓦河畔，供人们参观。

1957年，舰上建立了苏联海军中央博物馆分馆。

阿芙乐尔号巡洋舰在1927年获得苏联红旗勋章，1968年获十月革命勋章。

今日，虽然苏联解体、列宁格勒易名，但是阿芙乐尔号巡洋舰仍作为"文物"，停泊在涅瓦河畔。

冬宫也在涅瓦河畔，是一幢绿白两色相间的豪华建筑。参观冬宫是我来到圣彼得堡的首选目标。

令我感到惊讶的是，作为当年布尔什维克总攻击目标的冬宫，今日已没有一丝十月革命的痕迹，仿佛压根儿没有发生过十月革命似的！

冬宫里的藏画成千上万，却不见一幅反映十月革命的油画。我知道冬宫里原本专门有一个馆展出关于十月革命的油画。一打听，那个馆在"维修"。这"维修"是个托词，意味着永远在"维修"。

而且，就连中国观众非常熟悉的那部苏联电影《列宁在十月》，如今在俄罗斯也已经被"禁映"，理由据说是"伪造历史"！

大约正因为十月革命被抹去的速度太快，以至像美联社那样的大通讯社的报道都出现常识性的错误："在80多年前共产党人发动十月革命推翻沙皇统治以来"？！

其实，十月革命推翻的不是"沙皇统治"，而是克伦斯基资产阶级临时政府。沙皇是被1917年2月所发生的"二月革命"所推翻的，并不是被十月革命所推翻的。

冬宫，也就是沙皇皇宫。在1917年2月之前，这里一直是沙皇官邸。

十月革命时，这里是克伦斯基临时政府所在地，所以成了布尔什维克总攻击的目标。

冬宫前面，是一个巨大的广场，叫做冬宫广场，又叫皇宫广场。对于圣彼得堡来说，这个广场相当于莫斯科的红场。不过，看上去没有红场大。

广场中央矗立着世界上最高的纪念柱——亚历山大纪念柱，纪念1812年俄国打败法国拿破仑的胜利。这纪念柱是用整块花岗石雕成的，高47.5米，直径4米，重达600多吨。亚历山大纪念柱不用任何支撑，只靠自身的重量屹立在基石上！

在十月革命时，布尔什维克所领导的赤卫队就是集中在冬宫广场，向冬宫发起进攻。

冬宫建于1754年至1762年。冬宫是一座庞大的建筑，共有1050个房间，1886扇门，1945个窗户。

冬宫的外墙为绿色，间以白色圆柱、白色窗户雕花、白色屋顶雕像，和涅瓦河水相辉映，显得非常和谐协调。

我走进金碧辉煌的冬宫。今日冬宫是作为艾尔米塔什博物馆的主要部分对外开放的。

艾尔米塔什博物馆珍藏的艺术品和历史文物多达280万件，其中仅油画

艺术的殿堂

■ 圣彼得堡的冬宫　　103

就有 15000 多幅！

艾尔米塔什博物馆能够拥有如此丰富的藏品，得益于俄罗斯那位富有艺术修养又喜欢收藏的女皇叶卡捷琳娜二世。这位女皇，堪称俄罗斯的武则天，她夺取丈夫的皇位，当政长达 30 多年。她是一位非常能干的女皇，不仅东征西讨，使俄罗斯的版图不断扩大，而且又是花钱的"大手笔"，建设了冬宫，而且购买了大批艺术瑰宝，用来装饰这座豪华的宫殿。光是冬宫落成之后的第三年，即 1764 年，叶卡捷琳娜二世就从柏林购进伦勃朗、鲁本斯等名家的 250 多幅油画。

叶卡捷琳娜二世把大批艺术珍宝存放在冬宫的"艾尔米塔什"（法语，意为"隐宫"），即叶卡捷琳娜二世所创立的"奇珍楼"。

这些艺术珍品，原本只供皇家观赏。用叶卡捷琳娜二世的话来说，往来于这些艺术品之间的只有她与老鼠！

十月革命之后，这里的一切都归国家所有。从 1922 年起，设立国立艾尔米塔什博物馆。这个博物馆现在总共包括五座建筑物，即冬宫、小艾尔米塔什、旧艾尔米塔什、艾尔米塔什剧院和新艾尔米塔什。博物馆内拥有 400 多个展厅，分八个部分：原始文化部，古希腊及罗马部，东方民族文化部，俄罗斯文化史部，古钱部，西欧艺术部，从事导游与讲解的科学教育部，还有作品修复部。

今日，徜徉于这座艺术珍品宝库的不再是沙皇与老鼠，而是众多的游客。只要买了门票，谁都可以进来观赏。光是把冬宫所有展厅都走一遍，那路线就长达 22 千米！难怪有人说，参观冬宫的时候最好能够允许穿溜冰鞋，因为参观冬宫的人没有一个不感到腿酸的。

如果天天前来观赏，起码要半年时间，才能把这里所有的珍宝粗粗游览一遍！

在冬宫，我一边走马观花，一边在寻找十月革命的历史踪影——据说在苏联解体之前，讲解员总是很详尽地向游客介绍布尔什维克进攻冬宫的路线，而今日则只字不提了。幸亏得到当地朋友的指点，我在冬宫里见到从底层到二楼的宽大的大理石台阶，得知那是十月革命时布尔什维克冲锋经过的地方。电影《列宁在十月》里赤卫队员涌进冬宫的镜头，也是在此实地拍摄的。

在 1917 年 11 月 7 日，冬宫已经处在布尔什维克包围之中，临时政府摇摇欲坠。上午 11 时，临时政府总理克伦斯基乘坐美国大使馆的汽车悄然逃离冬宫。然而，那些部长们仍然决定负隅顽抗。

■ 冬宫入口处，苏联电影《列宁在十月》中布尔什维克就是从这里拥进冬宫

　　我在冬宫见到一个"白色餐厅"，当年临时政府的部长们就在那里开会。

　　布尔什维克的总部设在涅瓦河对岸的斯莫尔尼大厦——冬宫在涅瓦河右岸，斯莫尔尼大厦在涅瓦河左岸。列宁正坐镇斯莫尔尼大厦，指挥对冬宫的包围以及发动总攻击。

　　列宁是 1917 年 10 月 16 日，于极端秘密之中，在警卫埃·阿·拉赫亚的保卫下，从芬兰维堡乘火车来到俄罗斯首都彼得堡。列宁住在彼得堡谢尔多鲍尔街 41 号。在这幢对外严格保密的红色旧公寓里，列宁日夜工作，准备发动武装起义。直到 11 月 6 日晚 9 时，在浓重的夜色中，经过化装后的列宁走出秘密住所，来到总指挥部所在地斯莫尔尼大厦。

　　根据列宁的命令，10 月 7 日晚 7 时，领导武装起义的革命军事委员会向临时政府发出最后通牒，要求他们立即放下武器，停止抵抗。

　　由于临时政府拒绝了布尔什维克的最后通牒，按照列宁的命令，阿芙乐尔号巡洋舰终于在当晚 9 时 45 分，打响了震撼彼得堡的炮声。冬宫广场响起一片"乌拉"声，总攻击开始了。

　　经过激烈的战斗，布尔什维克在凌晨 2 时 10 分冲进冬宫的"白色餐厅"，逮捕了临时政府的部长们，宣告武装起义获得胜利……

　　昔日的阿芙乐尔号巡洋舰上的炮声，已经在冬宫消失。在今日冬宫，我

艺术的殿堂

105

■ "阿芙乐尔"的俄文原意为"黎明"或"曙光"

见到那把"重新返回"的镶着金把手的红色御座，正安放在御座厅最显赫的位置。

今日俄罗斯在讨论着：阿芙乐尔号巡洋舰上一声炮响，究竟给俄罗斯带来了什么？究竟给世界带来了什么？

今日俄罗斯在讨论着：究竟是十月革命，还是"十月反革命"？

不论今日俄罗斯如何天翻地覆，是非观念随之颠倒，冬宫毕竟凝固着俄罗斯的历史。返回的御座，与 1917 年 10 月 7 日的硝烟一样，都是永远留在冬宫的抹不掉的历史印记。

在圣彼得堡，除了冬宫之外，还有夏宫。

相对而言，夏宫的知名度要比冬宫差一些。其实，那是因为十月革命那一声炮响，使"炮打冬宫"举世皆知。

其实，夏宫并不比冬宫逊色。

夏宫，坐落在离圣彼得堡 29 千米的郊区。

我是从离冬宫不远的涅瓦河码头上了喷射船，即气垫船，驶往夏宫。

流线型的气垫船腾飞时，喷射出如瀑似雾的水花，在阳光下形成一弯彩虹。气垫船平稳地飞驶于涅瓦河清波之上。透过宽大的玻璃窗，彼得保罗要塞的金顶，十二月革命党人广场上的青铜骑士，一一掠过，两岸美景尽收眼底。

我也见到涅瓦河畔规模宏大的造船厂，飘扬着三色旗的俄罗斯波罗的海舰队巨大的军舰。

渐渐地，涅瓦河越来越宽，入海口到了。前面是一片壮阔的大海，水天一色，那便是波罗的海的芬兰湾。当年，彼得大帝要为俄罗斯开拓一条海上通道，这一梦想实现了。

气垫船在芬兰湾中前进，大约行驶了半个小时，到达海边码头。

下了船，海风吹来，气温明显比圣彼得堡市区低了两三摄氏度。穿过树林，穿过草地，先是来到皇村。

皇村是一座皇家公园，是1708年彼得大帝送给皇后凯瑟琳一世的。

后来，在1751年这里扩建成300米的皇宫，称为"叶卡捷琳娜宫"。

叶卡捷琳娜宫的外墙是蓝白相间，看上去如同蓝天白云。外墙上装饰着众多金色雕像，而顶部则是四个皇冠式的金顶，一派皇家风范。叶卡捷琳娜是花钱的"大手笔"，光是积存在宫里的她的连衣裙便达15000件！

在那里，我参观了皇村贵族中学。这所中学因为普希金曾在这里就读而闻名。如今这里设有普希金博物馆，所以也称"普希金城"。普希金最早的一首诗《赠娜塔莉娅》，就是在这里写成的。他的《皇村回忆》和《叶甫根尼·奥涅金》中的一部分，也写于此。

据说，普希金在皇村贵族中学上学时，数学与物理成绩不好，而文学成绩总是名列第一。

这所贵族学校，除了培养出普希金这样的大诗人之外，还培养出许多政治家、将军，俄罗斯的五个外交部长。

学生宿舍在三楼。那里迄今仍保存着普希金求学时所住的卧室，屋内陈设保持原样。

我从皇村来到不远处的夏宫。夏宫的外墙黄白两色相间，在一片绿树包围之中，显得十分突出。

从绿白相间的冬宫，到蓝白相间的叶卡捷琳娜宫，到黄白相间的夏宫，足见当年彼得大帝对于圣彼得堡的总体设计是何等的细致。

夏宫，其实是彼得大帝的行宫，夏天的别墅，度假、休闲之处，所以又叫"彼得宫"。夏宫是沙皇的皇家花园，另一名称叫"夏花园"。

夏宫内部的豪华，绝不亚于冬宫。然而，夏宫的特色在于四周的园林。夏宫的园林分为上花园和下花园，占地达800公顷。

夏宫又被誉为"俄罗斯的凡尔赛宫"，是彼得大帝在1714年亲手设计的皇家园林。他在游历欧洲时,非常赞赏法国巴黎的凡尔赛宫,决心在圣彼得堡建造一座比凡尔赛宫更加漂亮的皇家园林。

在我看来,夏宫与凡尔赛宫各有千秋。

夏宫的园林之美,美在"塑像+喷泉"。

步入夏宫的园林,我见到将近 200 个喷泉、2000 多个喷柱,最高的喷水柱竟然高达 20 多米!如此众多的喷泉,是巴黎凡尔赛宫所没有的。

令我惊讶的是,在彼得大帝时代,这些喷泉不是用电带动压缩机喷水,而是利用落差的原理,在山坡上晚上蓄水,白天喷放。也正因为这样,夏宫官殿设在山坡的顶上,山坡以及山坡之下,是一丛丛喷泉。

这一丛丛喷泉,总是与一组组雕塑相配,其中有 37 座塑像是镏金的。飞溅的水珠跟金色的雕塑相匹配,相得益彰。金色象征豪华,在喷溅的水花之中,格外耀眼。

夏宫的喷泉,犹如百花齐放,既有三角形的"金字塔喷泉"、圆形的"太阳喷泉",也有配以亚当、夏娃塑像的"亚当喷泉"、"夏娃喷泉",还有从硕大的长方形棋盘上流淌而过的"棋盘瀑布"。

在众多的喷泉中,最引人注目的是夏宫正前方高达 20 米的"大瀑布"喷泉。激越的泉,从狮子口中喷涌而出,而狮子的口则是被大力士参孙粗壮的双手掰开的。大力士塑像高达 3 米,全身金色,狮子也全身金色,在阳光下光彩灿烂。据说,这大力士象征着俄罗斯,而被征服的狮子则象征着瑞典。

蓝天,白云,绿树,碧草,黄白相间的夏宫,再配以金色的雕像、银色的喷泉,夏宫园林是一幅迷人的风景画。

彼得大帝喜欢在夏宫的树林里采蘑菇,也喜欢在附近的森林里打猎,狼、熊、兔、鹿,常常成为他的猎物。

领袖的身后

Lingxiu de Shenhou

印度圣雄甘地之墓

在德里拥挤杂乱的街区，难得有一大片绿色的净土。那便是莫罕达斯·卡拉姆昌德·甘地（Mohandas Karamchand Gandhi，1869 年 10 月 2 日—1948 年 1 月 30 日）的墓园，叫做"甘地园"。

甘地在印度被誉为国父，其声望犹如孙中山在中国。

1999 年美国《时代》周刊在评选 20 世纪风云人物时，评出第一名是爱因斯坦，第二名是美国总统罗斯福，而第三名便是印度的甘地，足见甘地的影响力。《时代》周刊对甘地的评价是：他以个人之力抗拒专制，是拯救民权和个人自由的象征。

其实，甘地是姓。在印度，人们习惯于以姓称呼他。

在美国旧金山海湾大桥之侧，我曾看见矗立着甘地的青铜全身塑像：消瘦，光头，赤着双脚，右手持细而长的竹拐棍，披着一条旧而破的罩衣。倘若不是戴着一副近视眼镜，胸前挂着一串长长的花环，定然被以为是乞丐或者盲人。甘地正迈着细细的长腿，风尘仆仆地在印度的大地上前行，向民众传播真理。每次从旧金山东湾阿拉米达小岛乘坐渡轮穿越海湾大桥的桥洞，登上旧金山市区的码头，就会见到这座甘地铜像，我总是久久地凝视，投以敬慕的目光。

德里的甘地陵墓在朱木拿河畔，四周是一道用红砂石砌成的围墙。轿车只能停在围墙之外的停车场。步入大门，迎面就是笔直的大道和大道两侧高大的树木。

甘地陵园四四方方，四周是用米黄色花岗石砌成的高台，中间成了一个方形的凹地。站在高台上，可以看见凹地正中是一座黑色大理石陵墓，而四周则是绿色的草坪。甘地的墓一如他的为人朴实无华。

我按照印度的习惯，脱了鞋，沿着草坪中间铺了绿色地毯的小路，走向甘地墓。甘地墓四周，有一堵花岗岩矮墙，中间是一个正方形黑

■甘地墓入口处

色大理石平台，高约1米，边长约3米。那便是甘地墓。我向甘地墓鞠躬致敬。

其实甘地墓里并无甘地遗骨。1948年1月30日79岁的甘地遇刺身亡。按照印度教的风俗，死者必须在死后24小时内火化，然后把骨灰撒入圣河恒河。甘地遭到暗杀之后，就在这里火化，他的骨灰分别撒在恒河和印度最南端科摩林角附近的印度洋、阿拉伯海和孟加拉湾三个海水会合的洋面上。为了永久纪念甘地，在他的火化地建造了这座陵墓。

在黑色大理石陵墓后面，是一盏方形的长明灯。长明灯昼夜不熄，象征着甘地精神永存。

在陵墓正面的黑色大理石上，刻着印度文："嗨，罗摩！"这是甘地在生命最后一刻发出的呼喊。罗摩是印度史诗《罗摩衍那》里的英雄，"嗨，罗摩！"的意思相当于"哦，天啊！"

我去甘地墓的那天，有许多警察和士兵在那里操练正步走、敬礼，大约有重要外宾要光临。通常在每一位重要外国来宾访问印度时，几乎都要到甘地墓献花圈或种植一棵常青树，以表示对这位印度民族独立运动领袖的尊敬。2010年12月中国总理温家宝访问印度时，便到这里向甘地墓敬献花圈。

领袖的身后

在甘地墓地出口处有一块石碑，刻有摘自甘地1925年所著《年轻的印度》一书中所列的"七大社会罪恶"：

搞政治而不讲原则（Politics without principles）

积累财富而不付出劳动（Wealth without work）

追求享乐而不关心他人（Pleasure without conscience）

拥有知识而没有品德（Knowledge without character）

经商而不讲道德（Commerce without morality）

研究科学而不讲人性（Science without humanity）

膜拜神灵而不做奉献（Worship without sacrifice）

甘地在印度通常被称为"圣雄甘地"。"圣雄"（Mahatma）来源于梵语的敬语mahatman，原意"Great Souled"，即"伟大的灵魂"。1915年，印度著名诗人泰戈尔称甘地为"圣雄"。从那以后，印度人便以"圣雄甘地"来称呼甘地，"圣雄"成了甘地约定俗成的"专有称呼"，因为印度有许多人姓甘地，"圣雄甘地"专指莫罕达斯·卡拉姆昌德·甘地，以至一些外国人以为"圣雄"是甘地的名字。

确实，甘地是印度的民族之魂。甘地以他的思想和道德的力量，带领印度人民摆脱英帝国主义的殖民统治，获得国家的独立，赢得印度人民的尊敬，成为他们心目中的"圣雄"。

甘地出生在一个虔诚的印度教家庭，从小受到的教育就是"仁爱、不杀生、素食、苦行"，这影响了他的一生。他13岁依父母之命与一同龄文盲女孩结婚。16岁丧父。19岁远赴英国留学，在伦敦大学获律师资格，归国后在孟买担任律师。后来由于办案的需要而赴南非，当时南非也是英国的殖民地。

南非的种族歧视向来严重。甘地作为有色人种遭到了当地白人统治者的歧视。甘地在南非领导了反种族歧视的斗争，这是他首次走上反殖民主义的道路。

1915年，甘地回到印度，领导印度人民反抗英国殖民者，对英国殖民者当局开展"不合作"运动，坚决要求印度自治。甘地成为国大党领袖。

国大党是印度国民大会党的简称，创建于1885年12月，是印度历史最悠久的政党。国大党最初的目标是争取为受良好教育的印度人分享政府权利，没有遭到当局的反对。随着甘地加入国大党，国大党转为以反对英国殖民统治、争取印度独立为目标的政党。

但是甘地强调，这种斗争必须是非暴力的。他的"非暴力反抗"的主张，也就是"nonviolent protest"，成为甘地主义的核心。甘地说，真理是神，非暴力则是追求真理、即认识神的手段，甘地认为这是强者的武器。

1920年9月，国大党加尔各答特别会议正式通过了甘地的非暴力不合作计划以及甘地起草的党纲，使"非暴力，不合作"成为国大党的指导思想；争取"印度自治"成为国大党的现实斗争目标；国大党也因此成为一个拥有广泛群众基础、领导印度人民反对殖民统治的现代资产阶级政党。

甘地在印度发动了一场又一场以和平方式进行的"不合作运动"，对抗英国殖民者，争取印度独立，产生了广泛的影响。甘地成为印度现代民族解放运动的领袖，多次被英国帝国主义当局逮捕入狱。

在甘地的领导下，印度终于迎来独立的曙光。英帝国主义虽然最终同意印度独立，但是提出"蒙巴顿方案"，实行"印巴分治"。甘地坚决反对"印巴分治"，维护印度的统一。然而"蒙巴顿方案"木已成舟，甘地无法阻止"印巴分治"。

由于"印巴分治"，引发印度教徒和穆斯林教徒的宗教仇杀，独立给印度带来严重的混乱。甘地以自己崇高的威望与绝食，感动了广大的印度教徒和穆斯林教徒，平息了各地大规模的教派仇杀。

出人意料的是，甘地作为印度教徒，最后竟然死于极端主义的印度教徒之手。甘地的传记这样描述甘地之死：

> 甘地身材矮小、瘦削黝黑，他披着一件白色亚麻罩衣，缓缓走向露台，并不时停下来答谢群众的问候。聚集的人群给他让开一条路。这时，混在人群里的纳胡拉姆·戈塞用力挤到甘地身边，迅速地弯下腰去，仿佛要按古老的习惯从圣雄的草鞋上拂去尘土，以表示尊敬和恭顺。有那么一瞬间，他跪在老人脚前凝然不动，突然，他飞快地从怀里掏出手枪，对准甘地胸口连射两枪，又朝他的腹部打了一枪。
>
> "嗨，罗摩！"圣雄甘地嘟哝着垂下胳膊，两腿一软栽倒在地。这位印度人民最崇拜的圣哲倒在了血泊中。
>
> 凶手戈塞被当场抓获。因为英国BBC电台记者就在现场，事件发生

领袖的身后

■ 德里的甘地墓

仅25分钟后，这消息就传遍了全世界。

起先人们不知道凶手的身份，都以为是穆斯林派来的。当人们得知凶手戈塞竟然是印度教徒，都惊呆了！印度教的极端分子反对甘地与穆斯林携手的主张，杀害了甘地。

凶手戈塞声称："我尊敬圣雄，他的被害对我绝不是一件乐事。但是，我觉得我应当这样做，因为他包庇了穆斯林。"

印度人民深切怀念圣雄甘地：

甘地遇难两天后，十多万人在德里为他们的圣雄送葬，队伍长达八公里，一路上有士兵保护，路口地带还停放着装甲车。

甘地的遗体上覆盖着印度国旗。他躺在一辆汽车上，在四千名步兵、一千名空军战士、一千名海军战士和一千名警察的护卫下，缓缓驶向拉兹·哈特的一堆篝火前。整个殡仪行列行进了五个小时。下午4时45分，圣雄的儿子拉姆达斯点燃了他父亲身体下面的檀香木篝火。

甘地之死震撼着印度，也震撼着世界。笔者在采访著名钢琴家傅聪时，他回忆说，在1948年印度民族运动的领袖甘地被极右派刺死，消息传来，他的父亲傅雷悲愤交集，三天吃不好饭……因为傅雷"常怀千岁忧"，所以他的心灵常受煎熬，常处于痛苦之中。

笔者也非常欣赏台湾诗人余光中所写的《甘地之死》：

绝食和禁欲之后
那一排瘦瘦的肋骨
已经是无可再瘦
却避不了尖啸而来
三颗更瘦的弹头
释迦和基督之后，
最热的一腔鲜血

从三个弹孔里溅出
那样高贵的殷红
刺客你应该满足

西妲琴的迷幻
吠陀经的喃喃
临去的老巴普啊
一切从印度来的
要还给哀伤的印度
檀香木烧得化的
还给印度的天空
骨灰坛装得下的
还给印度的河水
连印度也装不下的
沛然而大的灵魂
就还给整个人类

解下腰围和头巾
恢复原始的赤裸
一行赤裸的脚印
从此踏回了永恒
只留下一双旧木拖
证明最后的圣人
真的在世上走过
而忙於街斗的群童
谁也不肯先住手
不肯转头去听一听
那椎骨唐突的老头
在无框的眼镜背后
究竟，有什么叮咛

■ 印度的货币卢比上印着甘地像

领袖的身后

115

尼赫鲁的火葬台

    在德里的甘地火葬台——甘地陵墓北面，还有印度在独立之后的4位已故总理的火葬台，他们的陵墓也在那里。连同甘地陵墓在内，这5座陵墓凝聚着印度的一部现代史、当代史。

    那4位已故印度总理，都是国大党籍的。他们是：

    首任总理贾瓦哈拉尔·尼赫鲁（1889—1964），在1947年至1964年担任印度总理；

    贾瓦哈拉尔·尼赫鲁的继任者拉尔·巴哈杜尔·夏斯特里（1904—1966），从1964年至1966年担任印度总理；

    英迪拉·甘地（1917—1984），在1966年至1977年、1980年至1984年两度担任总理；

    拉吉夫·甘地（1944—1991），在1984年至1989年担任总理。

    贾瓦哈拉尔·尼赫鲁的"尼赫鲁"是姓，印度人通常用他的姓称之为尼赫鲁。

    英迪拉·甘地是尼赫鲁的独生女儿，而拉吉夫·甘地则是英迪拉·甘地的儿子，亦即尼赫鲁的外孙。

■尼赫鲁

在印度，总统是国家元首，但是实权掌握在总理手中。尼赫鲁及其女儿、外孙，三代人都成为印度总理，足见尼赫鲁家族在印度政坛上的重要地位，堪与美国的肯尼迪家族、布什家族相比。

不过尼赫鲁三代成为印度总理，并非封建世袭。英迪拉·甘地和拉吉夫·甘地都是在国大党遭受严重政治危机的时候，被推为国大党领袖的。按照印度的规定，议会中获得多数席位的政党为执政党，执政党主席往往成为政府总理。英迪拉·甘地和拉吉夫·甘地是作为执政党主席而成为政府总理的。

政府总理是权力的核心，同时也是众矢之的。英迪拉·甘地和拉吉夫·甘地先后都遭到了暗杀而身亡。拉吉夫·甘地是在母亲英迪拉·甘地遇刺身亡之际，临危受命，出任印度总理。但是7年之后，拉吉夫·甘地重蹈母亲英迪拉·甘地的命运，又遇刺身亡。

圣雄甘地和英迪拉·甘地、拉吉夫·甘地这"三位甘地"先后死于非命，充分表明了印度政坛斗争之激烈。

这"三位甘地"，常常被误以为圣雄甘地三代人，其实英迪拉·甘地、拉吉夫·甘地与圣雄甘地毫无血缘关系。英迪拉·甘地本

领袖的身后

■尼赫鲁的女儿英迪拉·甘地　　117

■ 1946年6月6日，圣雄甘地同后来成为印度第一任总理的尼赫鲁在一起

名英迪拉·尼赫鲁，很巧由于嫁给了姓甘地的印度记者费罗兹·甘地，婚后随夫姓成了英迪拉·甘地。拉吉夫作为她的儿子，按照父姓，取名拉吉夫·甘地。这样无意的巧合，使甘地这一姓氏频繁出现在印度的政治舞台上。

给予印度最为深刻影响的，是印度的开国总理尼赫鲁。圣雄甘地是精神领袖，尼赫鲁是圣雄甘地的忠实门徒，也是圣雄甘地未竟之业的继任者和实现者。如果说圣雄甘地是印度的灵魂，那么尼赫鲁则是把这一灵魂化为现实。如果说圣雄甘地是现代印度的总设计师，尼赫鲁则是现代印度的总工程师。

在印度历任总理之中，尼赫鲁给我的印象最深。在我上中学、上大学的时候，有关尼赫鲁的照片、报道经常出现在中国的报纸上。那时候，他是中国最好的朋友之一。当然，后来中印交恶，尼赫鲁与中国展开的舌战以至炮火震撼着喜马拉雅山，也给我留下了难忘的印象。

尼赫鲁跟圣雄甘地不同的是，他出身豪门。尼赫鲁的父亲莫蒂拉尔·尼赫鲁，是甘地最坚定的战友，在1919年12月出任国大党主席。

尼赫鲁从小受到良好的教育，曾经在英国哈罗公学和剑桥大学深造，获律师资格。受父亲影响，尼赫鲁在回国后参加国大党的政治活动。1916年在国大党的年会上，年轻的尼赫鲁第一次见到圣雄甘地。后来他回忆说，甘地"像一股强大的电流……又像一道闪光，划破了黑暗，清除了我们眼睛上的翳障"。从此他像他父亲那样追随圣雄甘地，全身心投入到印度的独立运动。他成为英帝国主义的眼中钉，1921年至1945年间他先后入狱9次，共坐牢1041天。圣雄甘地欣赏这个年轻人的才干和坚定的革命意志，把尼赫鲁选定为自己的接班人。1923年、1927年尼赫鲁先后两次任国大党总书记。1929年尼赫鲁首次当选为国大党主席，此后多次担任国大党主席。

1947年8月15日凌晨，尼赫鲁在德里莫卧儿王朝的王宫城墙上升起了印度第一面独立的旗帜。印度作为自治领独立，尼赫鲁成为印度的开国总理。

尼赫鲁执政之后，在印度实行"五年计划"，实施土地改革，发展国有企业，使印度的经济得到发展。尼赫鲁在外交上奉行不结盟政策，与中国总理周恩来共同倡导和平共处五项原则，在国际上获得声望。

美国前总统尼克松在《领导者》一书中这样评价尼赫鲁："才华出众，目空一切，贵族气息重，脾气暴躁，高傲自负"，"有时还咄咄逼人，毫不掩饰地流露出强烈的优越感"。应当说，尼克松对尼赫鲁的评价是客观的。

早在 1934 年，尼赫鲁就在自传中就"大印度联邦"写道："我个人对未来远景的看法是这样的：我认为将来会建立一个联邦，其中包括中国、印度、缅甸、锡金、阿富汗和其他国家。"

1942 年尼赫鲁在狱中所写的《印度的发现》一书中，便这样写道："印度以它现在所处的地位，是不能在世界上扮演二等角色的，要么就做一个有声有色的大国，要么就销声匿迹。"

■ 美国总统尼克松与印度总理英迪拉·甘地

在尼赫鲁成为印度开国总理之后，他的奋斗目标就是使印度成为"一个有声有色的大国"，甚至要实现他的"大印度联邦"。他在与中国合作的同时，也在边界问题上与中国争斗。

尼赫鲁接过英帝国主义的衣钵，把非法的"麦克马洪线"作为中印东段的边界线，从 1954 年起印度政府把"麦克马洪线"画在官方地图上，把属于中国的 9 万平方千米领土划入印度版图。此外又在中段侵占了中国阿里地区的 2000 平方千米土地，还把西段的巴里加斯划入印度版图。这样一来，印度共侵占中国领土达 12.5 万平方千米，相当于一个福建省。尼赫鲁擅自派印度军队悄悄进驻以上地区，遭到中国政府的多次警告。

笔者在写作《中共中央一支笔——胡乔木》一书时得知，1959 年 4 月底，毛泽东交给胡乔木一项重要写作任务：以《人民日报》编辑部名义，写一篇关于尼赫鲁演说的评论。

领袖的身后

这是因为在当时尼赫鲁支持西藏叛乱。1959年4月27日，尼赫鲁在印度人民院发表演讲，把西藏平叛说成是"武装干涉"，他表示同情和支持"西藏人的自治愿望"。毛泽东读后，指示《人民日报》于4月30日全文转载尼赫鲁讲演，同时要胡乔木写一篇评论。

胡乔木倾注全力写出了一篇"再论"式的长篇评论，题目《西藏的革命和尼赫鲁的哲学》。当时吴冷西"作为他的助手，从头到尾参加了起草和修改过程，深感这是高难度的作业"。吴冷西回忆说[1]：

> 在修改《西藏的革命和尼赫鲁的哲学》一文过程中，最难处理得当的是对尼赫鲁的态度。他既是我们批评的对象，又是我们团结的对象。毛主席和周总理在讨论过程中讲了许多切中要害而又分寸得当的意见，要求在修改中体现又团结又斗争，以斗争求团结的方针。如何在行文中贯彻这个方针，难度相当大。乔木同志经多次斟酌，反复修改之后，终于找到了比较妥善的办法。这就是：全文开篇高屋建瓴，从西藏革命讲起，揭露西藏农奴制度的反动，黑暗，残酷与野蛮，这就势如破竹，彻底摧毁了借口中国军队平息西藏叛乱的反华言论的基础。接着是采取中国古文作法中"欲抑先扬"的笔法，首先充分肯定尼赫鲁的好话，然后批评他的谬论，并且利用他的前后矛盾，以其矛攻其盾。整篇文章充分摆事实，讲道理，细细道来，不慌不忙，尖锐处入木三分，委婉处娓娓动听，抑扬顿挫，理情并茂。这篇论文的最后部分，根据周总理的意见，引用尼赫鲁1954年访华时的友好讲话，并表示中印两国和两国人民将继续友好合作，为亚洲和世界和平而努力。这就圈画出团结—批评—团结这个公式的圆满的句号。

毛泽东很欣赏胡乔木这篇文章，嘱令以"人民日报编辑部根据中共中央政治局扩大会议讨论写成"的名义发表。

1959年5月6日，《人民日报》全文刊载了《西藏的革命和尼赫鲁的哲学》长文。胡乔木十分准确地掌握着与尼赫鲁论战的分寸：

"我们现在被迫在自己的评论中同尼赫鲁先生有所争辩，这是我们非常难过的事。尼赫鲁先生是我们尊敬的友好邻邦印度的总理，是世界上有威望的政治家之一。对于我们来说，尤其不能忘记的是，他是一位中国的友人，一位帝

① 吴冷西，《忆乔木同志》，载《我所知道的胡乔木》，当代中国出版社1997年版。

国主义的战争政策和侵略政策的反对者。而且，他对于社会进步，也曾经发表过不少开明的言论……"

胡乔木正是在肯定了尼赫鲁的这一面之后，展开了对他的另一面的批判："但是，他在1959年4月27日的讲话中却唱着一种多么不同的调子！"

在这"但是"之后，胡乔木逐条批驳了尼赫鲁关于中国西藏问题的一系列错误论点，最后又回归到希望中印继续友好、共同携手的话题上。

确实，胡乔木很恰当地掌握了分寸，做到了毛泽东所说的"有理，有利，有节"。

尼赫鲁并没有接受《人民日报》发表的《西藏的革命和尼赫鲁的哲学》对他的很有克制而又充分说理的批评，反而变本加厉在中印边界部署重兵。1962年10月12日尼赫鲁下令把中国部队从塔拉山脊"清除掉"，打响了中印边界战争。

中国边防部队于1962年10月20日在中印边界全线发动自卫反击战，重创印度军队。

1962年11月14日是尼赫鲁73岁寿辰。印军选择这一天进行全面反攻，再度遭到惨败。

1962年11月22日零时，中国军队遵照毛泽东的命令，在中印边界全线主动停火。1962年12月1日中国军队主动后撤。到1963年3月1日全部后撤到1959年9月7日的实际控制线20千米以内。这是中国政府出于保持中印友好关系的愿望，再一次用实际行动表示中国主张通过和平谈判而不是通过武力来解决中印边界问题的诚意。

中国边防部队奉命将在反击战中缴获的大批武器、车辆及其他军用物资进行整理包装，于12月中旬交还给印度。对被俘人员，一律不杀、不打、不骂、不侮辱、不没收私人财物，生活上给予优待，受伤者给予治疗。

印军的惨败与中国的大度，使尼赫鲁的威信受到沉重的打击。英国《每日快报》驻新德里记者报道说，"尼赫鲁总理面色阴郁，脸颊浮肿，对谁也不说什么话。这可能使尼赫鲁已经很危险的健康情况更加恶化"。

1964年1月尼赫鲁在发表一次演说后心脏病突发，于5月27日去世。翌日300万印度人排列在送葬行列经过的道路旁致哀。尼赫鲁的外孙桑贾伊·甘地（英迪拉·甘地之子）点燃了尼赫鲁在甘地陵墓旁的火葬柴堆。这样尼赫鲁的陵墓就建在甘地陵墓附近。

领袖的身后

121

列宁墓风波

　　一到莫斯科，我第一个要去的地方，就是红场，就是红场上的列宁墓。

　　可是，第一次去了红场，却不能去列宁墓。那是因为列宁墓每周只开放5天，周一、周五不开放。不巧，那天正是周一，正值列宁墓不开放。

　　我想走近列宁墓看一下，也做不到，因为红场上安放了一道铁栏杆，把行人、游人远远挡在栏杆之外。

　　不过，那天我在红场的另一侧，倒是目击了"全国第一岗"换岗的情形。

　　所谓"全国第一岗"，原本是设立在列宁墓前。列宁墓入口处，往日两边各站一名哨兵，这两名哨兵如同铁打钢铸一般，一动不动。在苏联时代，被人们誉为"全国第一岗"。这"全国第一岗"每一小时换一班。随着克里姆林宫斯巴斯基钟楼的正点钟声敲响，哨兵就手持步枪，双腿迈正步换岗。哨兵从克里姆林宫斯巴斯基钟楼到列宁墓入口处以及从列宁墓入口处回到克里姆林宫斯巴斯基钟楼，时间都是2分45秒，向来不差1秒！

　　然而，1993年俄罗斯总统叶利钦下令撤销列宁墓前的"全国第一岗"，把"全国第一岗"移到了红场上的无名烈士墓。

　　我正是在无名烈士墓那里，见到了"全国第一岗"换岗的全过程……

　　第二回去红场，总算是列宁墓对外开放的日子。

　　铁栏杆外已经排起了长队。我加入了长队。俄罗斯的警察正在对游客逐一进行安全检查。按照规定：一是不准带照相机，二是不准带摄像机，三是不准带包。我呢，恰恰不符合这三条规定，我既带了照相机、摄像机，又背着一个

摄影包。我不得不寄存这三样东西。

不过，我仍随身带了一只小巧的照相机，放在裤袋里。在我看来，在列宁墓内不准摄影、摄像，倒还说得过去，可是我在列宁墓前拍几张照片，诚如在克里姆林宫前拍照一样，应该是可以的。

没想到，在安全检查时，俄罗斯警察的目光注意到我那有点鼓起来的裤袋，用手中的扫描器一查，马上发出"嘟、嘟"声。我一边无奈地交出小照相机，一边向他们解释："我只在外面拍照。"他们仍旧不肯通融。

我只能以非常遗憾的心情，通过安全检查，走向列宁墓。

列宁墓是下大上小的梯形建筑，用方形的红色花岗岩、斑岩以及黑色的拉长石砌成，显得庄严大方。陵墓上刻着金色俄文字母"ЛЕНИН"（列宁）。

现在见到的列宁墓，是第三次改建而成的。

列宁是遭到暗杀之后病重，于1924年1月21日在莫斯科的高尔克村逝世。为了缅怀这位无产阶级的革命导师，苏联政府决定在莫斯科红场修建列宁墓，永久保存列宁遗体，供苏联和世界人民瞻仰。

最初的列宁墓是临时性的。在列宁去世后的三天，用木料在红场上搭起一座方形的陵墓，供人们悼念。

1924年春，在红场上建造了一座木质的大型的列宁墓。这年8月，列宁墓对外开放。

木质的墓毕竟不是永久性的。1929年，苏共中央决定修建永久性的列宁墓。

领袖的身后

有着"苏联人民建筑师"光荣称号的阿·舒舍夫出色地完成了列宁墓的建筑设计工作，他在一夜内便绘出草图，得到了各界的一致认可。在苏联，重要建筑物的设计总是一而再、再而三地"设计—推翻—再设计—再推翻"，像这样一次性完成是十分罕见的。

阿·舒舍夫设计的列宁墓，质朴而厚重，体现了列宁朴实的作风。另外，列宁墓的大小、颜色、形状与红场建筑群融为一体。

第三次建成的这座列宁墓，经历了七十多年风雨，如今仍然屹立在红场之上。

列宁墓两侧，是观礼台。列宁墓后面，是检阅台。在举行群众集会时，在检阅游行队伍时，领导人就站在这里。这儿站过斯大林，站过赫鲁晓夫，站过勃列日涅夫，站过戈尔巴乔夫，也站过叶利钦，站过普京。

我只能用眼睛细细"扫描"列宁墓，却无法用照相机拍照。

列宁的遗体是在地下。从入口处通往地下的通道是黑顶、黑墙，连台阶也是黑色的。只有几盏小灯，射出微弱的光线，让人依稀看见脚下的台阶。我从

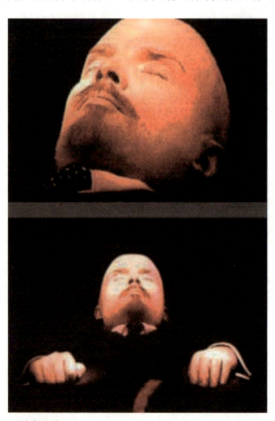

阳光灿烂的红场，一下子走进全部黑色的通道，仿佛来到另一个世界。

陵墓内保持绝对安静。除了轻轻的脚步声之外，这里一片静穆。

一步步走下黑色大理石台阶，一步步走向地下深处。我的眼睛渐渐适应了黑暗。在通道的拐弯处，我见到脸色严肃的哨兵。

拐弯之后，我便进入大厅。大厅的顶、地、四墙，依然全部用黑色大理石砌成。除了正中一盏明亮的大灯之外，四周只有幽幽的小灯。

大灯照射在一尘不染、清澈透明的水晶棺上。列宁

■ 列宁遗容

打着圆点领结、穿一身黑色的西装，正安详地躺在水晶棺里。

尽管我曾经无数次见到过列宁的照片、画像、塑像，这一回是第一次亲眼见到他本人。

列宁墓每逢周一和周五不开放，这是医护人员作例行检查的时间。他们打开水晶棺，对遗体进行认真检查之后，再把水晶棺重新封上。

长期保存列宁遗体，这是一道科学难题。

据俄罗斯报刊披露，在列宁逝世一个月后，他的遗体就开始腐烂。兹巴尔斯基教授用自己发明的防腐方法，大大减缓了遗体的腐烂速度。

列宁遗体受到严重损坏，是在第二次世界大战期间。1941 年 6 月 22 日，当希特勒下令突然向苏联发动大规模进攻之际，位于莫斯科红场上的列宁墓显然成了德国法西斯轰炸的头号目标。

就在战争爆发几天之后，斯大林下令秘密地转移列宁遗体到安全地带。这样，列宁遗体在戒备森严的警卫护送下，用火车运到了丘明。在那里，尽管人们在列宁遗体四周安置了冰块，但是毕竟无法阻挡细菌的侵入。人们不得不截去列宁的一条腿与左脚，用假肢代替。

直到苏联战胜法西斯德国之后，列宁遗体于 1945 年年底才从丘明返回红场上的列宁墓。

1961 年，长期致力于保护列宁遗体的兹巴尔斯基教授去世。教授的弟子们的经验毕竟没有老师那么丰富，列宁遗体又开始腐烂。经过请示苏共中央第一书记赫鲁晓夫，决定不再保留列宁遗体的躯干，将躯干火化，另外制作一个足以乱真的人造躯干，与列宁的头颅相接。

这样，列宁墓中所保存的列宁遗体，实际只有头颅才是真的。不过，当时这一不得已的处理高度保密，加上头颅与人造躯干的连接天衣无缝，参观者从未察觉。直到苏联解体，当年苏联的种种机密才都被抖搂出来，其中也包括列宁遗体的这一秘密。

随着苏联国旗从克里姆林宫的大宫殿顶上徐徐降下，随着苏联共产党在一夜之间解散，这巨大的政治风波也直接冲击了长眠于地下的列宁。

卢布上的列宁头像被取消了。

红场旁的列宁博物馆被关闭了。列宁博物馆四周原来有数百尊列宁胸像，现在这些雕像被堆到地下室里。

俄罗斯政府取消了护理列宁遗体的拨款，原列宁墓实验室也改名为"生物结构研究中心"。现在这个中心完全是自愿对遗体进行护理。有人认为，如果

领
袖
的
身
后

维持不下去，这个中心可能不得不通过出卖防腐秘方来摆脱窘境。但是，防腐秘方是国家尖端科技产品，不可能轻易获准出售。

关于列宁的争论、关于列宁墓要不要迁出红场的争论，在易帜后的俄罗斯激烈地进行着。

现在，列宁是布尔什维克的领袖，是十月革命的领导人，是苏联的缔造者，是"苏联国父"。红场上的列宁墓，理所当然是苏联的象征，是苏联共产党的象征。

现在，红场是俄罗斯的"政治广场"，各种重要的政治活动都在这里举行。红场上的列宁墓，也就成了坚决反共的俄罗斯民主派们的眼中钉。

关于列宁的激烈争论，首先从列宁格勒改名为圣彼得堡开始。该市市长索布恰克力主改名。在索布恰克的推动下，1991年6月13日列宁格勒举行了公民投票，结果55%的市民赞成列宁格勒改名圣彼得堡。从此，列宁格勒正式易名为圣彼得堡。

最早提出把列宁墓迁出红场的是立法委员尤里·卡里亚金。他早在1989年就提出了这一建议。他的建议理所当然受到否定。尤里·卡里亚金不得不这么说："这是一件悲哀的事，但只有等我们这一代人都死了，他才不会是一个问题。"

俄罗斯总统叶利钦同样坚决主张把列宁墓迁出红场。他多次提出这一建议，但是在国家杜马遭到共产党人的坚决反对，未能实现。

为了寻找迁移列宁墓的根据，有人从1924年的《真理报》上查到列宁夫人克鲁普斯卡娅写的一封信，信中提到列宁临终时的遗嘱："不要为他建造纪念馆或以他的名字命名宫殿，不要为纪念他而组织大规模的活动。"列宁希望，在他死后，安葬在他母亲的墓地。

应当说，从列宁一生的品格而言，这遗嘱确实是体现了列宁本人的意愿。列宁并不希望在他死后，在红场为他建造列宁墓。

问题是以斯大林为首的列宁的继承者，在红场上为他修建了列宁墓。这座列宁墓70年来已经接待了上亿名瞻仰者，已经成了举世瞩目的建筑物。拆除红场上的列宁墓，本身就是具有鲜明的政治色彩。

1997年，俄罗斯总统叶利钦又一次提出建议，依照列宁遗嘱，把列宁遗体迁至列宁母亲墓地安葬。叶利钦还建议，就列宁墓是否迁出红场，举行全民公决。

俄罗斯国家杜马就总统叶利钦的这一提议进行表决，结果以240票对11

票的绝对优势否定了叶利钦的提议。

俄罗斯国家杜马还宣布，"迁移列宁遗体是破坏文物的行为"！

就这样，关于迁移列宁遗体的风波，暂时平息下来。

到了1999年，风波又起。那是在5月23日，忽然传出消息，克里姆林宫已经起草了一份总统令，准备把列宁遗体从红场列宁墓移到圣彼得堡沃尔科沃墓地安葬。

获知这一突如其来的消息，俄共领导人之一、国家杜马主席谢列兹尼奥夫马上与克里姆林宫总统办公厅主任沃洛申联系。沃洛申坚决否认，说根本没有起草过这样的总统令。

无风不起浪。

翌日，俄罗斯东正教领袖阿列克谢二世在红场举行宗教庆典活动时，公开向俄罗斯电视台发表讲话，支持将列宁遗体易地安葬。他说，在俄罗斯的心脏——红场举行各种娱乐活动时，旁边就是墓地是"不合道德的"。他希望"把位于红场的革命领导人遗骸迁移出去"。

阿列克谢二世是俄罗斯宗教界的著名领袖。他的这番讲话，得到许多东正教教徒的支持，在俄罗斯又掀起一番要求迁移列宁墓的风波。

就在阿列克谢二世发表谈话之后，5月25日，俄罗斯共产党联盟发表声明，对俄东正教领袖阿列克谢的言论表示遗憾。

莫斯科市副市长尚采夫也表示，处理列宁遗体问题应该考虑人民的意志，不应导致社会分裂。同时，他又指出，根据俄罗斯现行法律，红场处于国家元首保护之下，莫斯科市在未征得克里姆林宫同意的情况下，无权对红场进行改造。

这一风波，很快又平息下去。伴随着列宁墓是否迁出红场的争论，是一场关于如何评价列宁的争论。在今日俄罗斯，怀念、拥护列宁的人不少，反对、诋毁列宁的人也不少，而在年轻人之中，知道列宁的人越来越少。

莫斯科列宁博物馆馆长格里戈里·加拉扎的话，概括了今日俄罗斯的实际情况：

"有些人认为他非常伟大，有些人的看法则完全相反。很多年轻人甚至不知道他是谁。"在今日俄罗斯，究竟是支持列宁的人占多数，还是反对列宁的人占多数？1997年7月，莫斯科一家社会科学研究所进行民意调查，题目是"谁对当代人的思想影响最大"，结果列宁名列第一！

民意调查的其他结果如下：第二位是萨哈罗夫，第三位是斯大林，第四位是朱可夫，第五位是索尔仁尼琴，第六位是戈尔巴乔夫，第七位是加加林，第

领袖的身后

八位是叶利钦……

从这份民意调查结果，也可以觑见当今俄罗斯的思想动向。

毕竟列宁离世已经70多年，能够记得列宁去世时的情景的老人已经为数甚少。在1999年，苏联时代最著名的政治漫画家、98岁的鲍里斯·叶菲莫夫接受记者采访，他回忆道，列宁去世使他感到特别痛苦，那种感觉终生难忘。

他说："当时人们都惊呆了。我们不知道没有列宁的日子该怎么过？接下来会发生什么？尽管我们已经知道他一直患病，瘫痪了，而且实际上已不能参加政府工作，但我们还是不能接受他去世的事实。"

他还说："我清楚地记得举行列宁葬礼的那一天。我看到他的遗体被安放在水晶棺里，前去吊唁的人络绎不绝。"

2000年年底俄罗斯举行的一次推举俄罗斯"世纪风云人物"的民意调查中，列宁名列榜首，成为20世纪最重要的风云人物。据俄罗斯国际文传电讯社报道，此次民意调查共有1500人参加。调查是在没有任何提示的情况下进行的，颇能反映居民的真实想法。

在20世纪的最后一天——2000年12月31日，数以千计的俄罗斯人在红场上排着长队，前往列宁墓瞻仰列宁，队伍中有为数不少的年轻人。列宁墓前放满了鲜花。

在2001年4月17日，俄罗斯一家咨询公司公布调查结果，虽然列宁已辞世77年，但2/3的民众仍然对列宁"念念不忘"，对其在历史上所起的作用表示赞扬。

这家公司是在对2000人进行问卷调查之后，得出如下统计：

66.7%的被调查者对列宁在俄国历史上所起的作用持肯定态度，其中29%的人完全肯定，37.7%的人比较肯定。另有14.5%的人认为列宁有功也有过，只有7.6%的人否定了列宁的历史贡献。

这些民意调查表明，列宁仍活在俄罗斯人民心中。

俄罗斯著名诗人叶夫根尼·叶夫图申科虽然站在否定列宁的这一边，但他说：

"如果说一些老人将列宁理想化，那是因为他们已被这个社会抛弃；但如果一些年轻人崇拜列宁，那是因为强迫人们接受的意识形态崩溃后，现在出现了意识形态真空"。

叶夫图申科不得不承认，只有俄罗斯经济改革取得成功，才能最终消除列宁的影响，而不在于是否埋葬他的遗体。

神秘的斯大林墓

从列宁墓走出，我走向列宁墓的后面，因为那里——克里姆林宫围墙的墙根，是一片墓地，安葬着苏联诸多国家元首、党的领袖和著名思想家、革命家、学者。

我的手中没有照相机、摄像机，只得拿出笔记本，记录着墓碑上一个个如雷贯耳的名字。

我刚刚记了几行字，马上有人轻轻拍了拍我的肩膀。我回头一看，是一位戴着大盖帽的俄罗斯警察。他满脸严肃，用命令式的口气对我说："HET！"（不要记！）

我感到不解，反问道："ПОЧЕМУ？"（为什么？）

他没有回答我的问题，依然用命令式的口气说道："HET！"（不要记！）

我只得暂且收起了我的笔记本。在他稍稍走远之后，我照记不误！

我最先看到的墓碑上，写着"ХУКОВ"，即朱可夫元帅之墓。墓碑上，矗立着他的半身塑像。

接着，我见到了契尔年科、加里宁、斯维尔德洛夫、捷尔任斯基、安德罗波夫的墓。

我见到一尊脸上长着两道浓眉的半身塑像，一望而知，是勃列日涅夫的墓。

紧挨着的是苏斯洛夫的墓。

这些苏共中央领导人的墓，一个紧挨着一个，每座墓都只占地2平方米左右。

领袖的身后

129

■ 斯大林画像

走过苏斯洛夫的墓，我见到一尊非常熟悉的塑像：哦，斯大林！

我眼前的斯大林墓非常简朴，一个墓碑，一尊半身塑像，如此而已。

白色大理石墓碑上只写着一行字：

"ИОСИФ ВИССАРИОНОВИЧ СТАЛИН, 1879—1953"（约瑟夫·维萨里奥诺维奇·斯大林，1879—1953）

就在我记下斯大林的名字时，又有人拍了拍我的肩膀。我回头一看，还是刚才的那个"大盖帽"。不知什么时候，他又回来了。他似乎特别注意我这个"外宾"。

这一回，他没有再说"НЕТ"，我也知趣地又一次收起了手中的笔记本。

至此，我恍然大悟：他们早早地收掉游人手中的照相机、摄像机，其真正的目的不是不让你拍摄列宁墓，而是不让你拍斯大林墓！

正因为这样，红场上的这座斯大林墓的照片，几乎没有见诸报刊。

列宁墓风波迭起，是最近几年的事，而斯大林墓早在40年前就成了全世界关注的敏感的政治话题！

1953年3月5日斯大林去世之后，斯大林的遗体也被装入水晶棺，安葬在列宁墓之中。

于是，列宁墓上，多了一块大理石墓碑，写着斯大林的名字。

人们走进列宁墓，不仅可以见到穿西装的列宁遗体，而且可以见到身穿最高统帅服的斯大林遗体。

不过，斯大林的遗体在列宁墓里只安放了8个年头。1961年十月革命节前夕，在一个深夜，斯大林的遗体被迅速地移出了列宁墓，然后又迅速地被移到列宁墓后面、克里姆林宫围墙脚下。这座匆匆造就的斯大林新墓上，只有一块白色的大理石墓碑，简单地写着斯大林的姓名与生卒年份。除此之外，对于斯大林生前一大堆的头衔只字未提。

过了好多年，赫鲁晓夫下台之后，在勃列日涅夫时代，才给斯大林墓上安了一个半身雕像。

斯大林遗体究竟是怎样被从列宁墓中突然移出的？这曾经是全世界媒体关注的焦点。但是由于苏联有关当事人对此守口似瓶，讳莫如深，所以外界一无所知。

就在我前往莫斯科前不久，俄罗斯报纸披露了尼古拉·扎哈罗夫将军的回忆，才把这神秘的一幕和盘托出。

尼古拉·扎哈罗夫将军是克格勃第九局负责人。该局不只是负责苏联党和政府领导人的保卫工作，而且还受命执行过一些非同寻常和责任重大的任务。在苏共第二十二次代表大会之后，就是扎哈罗夫奉命带人把斯大林的遗体从列宁墓中抬出来装入棺材，是他在斯大林的棺材上钉上了最后一个钉子。正因为这样，尼古拉·扎哈罗夫将军是迁葬斯大林遗体的重要当事人，他的回忆终于揭开这一世纪之谜。

尼古拉·扎哈罗夫将军的回忆如下：

1961 年 10 月 21 日，苏共中央在克里姆林宫召开第二十二次代表大会。

10 月 31 日，党代会的最后一天，列宁格勒州州委第一书记斯皮里多诺夫登上讲台，在简短的发言之后建议把斯大林遗体迁出列宁墓。

担任会议主席的赫鲁晓夫说："这是个很严肃的问题，应当投票表决。有异议吗？"

"没有。"声音从大厅的四面八方传来。

"那么我现在就把这一问题提交表决。赞成斯皮里多诺夫同志建议的，请举手。好。反对的？没有！弃权的？也没有。建议被一致通过！"

会议大厅里一片沉寂，代表们似乎还在等待着什么。最后赫鲁晓夫打破了冷场，宣布代表大会闭幕。

但后来的事情表明，代表们一致通过并非事实：表决刚刚结束，格鲁吉亚共产党中央委员会第一书记就匆匆离开莫斯科，回到了格鲁吉亚。所以他没有参加对斯大林的安葬工作。（注：斯大林是格鲁吉亚人）

1961 年 10 月 31 日，苏共二十二大通过的决议指出：

"鉴于斯大林严重违背了列宁的遗嘱，滥用权力，对忠诚正直的苏联公民进行广泛镇压，再将斯大林的遗体保留在列宁墓里是不合适的。斯大林在个人崇拜时期的大规模违反法制和其他许多行为使得他的棺木再保存在列宁陵墓中成为不可能。"

领袖的身后

尼古拉·扎哈罗夫将军回忆时这么说：

　　我同克里姆林宫卫戍司令韦杰宁中将事先就已知道了苏共中央即将作出的决定。

　　赫鲁晓夫预先把我们叫去，说道："我需要说的是，大概今天重新安葬斯大林的决定就会出台。地点已经明确。守卫列宁墓的警卫长知道该在哪儿挖坟墓。苏共中央主席团决定成立以苏共中央委员会主席团委员什维尔尼克为首的迁葬委员会，成员包括格鲁吉亚共产党中央委员会第一书记姆扎瓦纳泽、格鲁吉亚部长会议主席贾瓦希什维利、克格勃主席谢列平、莫斯科市党委第一书记杰米契夫和莫斯科苏维埃执委会主席德盖。"

　　接下来，什维尔尼克把我们召集到一起，悄悄对我们说，迁葬工作要秘密进行。因为11月7日在红场要举行阅兵式，可以借口阅兵式彩排，把红场围起来，任何人不得进入。

　　我的副手切卡洛夫将军对迁葬工作的整个过程进行全面监督。莫斯科克里姆林宫卫戍司令部特种部队独立团团长科涅夫受命到细木工作坊用上好的干木材做一口棺材。

　　棺材当天就做好了。木材表面都用黑色和红色绉纱包裹着，所以看上去棺材很不错，甚至很华贵。从克里姆林宫卫戍司令部抽调来六名士兵挖坟墓，调来八名军官先把放斯大林遗体的水晶棺从陵墓中搬到实验室，然后再把盛放遗体的棺材放入坟墓。由于这项任务特别微妙，我请韦杰宁将军挑选几名可靠的、经过考验、表现比较好的人。

　　克里姆林宫卫戍司令部总务处处长塔拉索夫上校负责遮人耳目。他用胶合板把陵墓后面左右两侧遮住，无论从哪个方向也看不到那里的动作。

　　入夜红场禁止通行，然后士兵们开始挖墓穴……

　　除姆扎瓦纳泽以外，迁葬委员会所有成员当晚22时都来到列宁墓，身着最高统帅服的斯大林躺在水晶棺里，八名军官抬起水晶棺，送到实验室。除迁葬委员会的成员外，一直负责对斯大林的遗体进行防腐处理的科研人员也在场。但在这种情况下他们的知识和经验已经毫无意义了。

　　军官们从水晶棺上取下玻璃罩子，小心翼翼地把斯大林的遗体移入棺材。可以看到，尽管经过防腐处理，斯大林的脸上还是出现了斑点。

　　后来，莫斯科有传言，说斯大林的最高统帅服被脱下来了。这不是真的。没有谁给斯大林脱过衣服。只是什维尔尼克下令从制服上取下了社会主义劳动英雄金质勋章。另一枚苏联英雄勋章斯大林从来没有戴过，所以水晶棺里也没有。后来，什维尔尼克又下令把制服上的金纽扣换成黄铜扣子。什维尔尼克把取下的勋章和扣子都放在了一个专门存放斯大林勋章的房间里。

当装有斯大林遗体的棺材合上盖以后，什维尔尼克和贾瓦希什维利失声痛哭。棺材被抬了起来，大家向出口走去。颇动感情的什维尔尼克被人搀扶着，跟在他后面的是贾瓦希什维利。除他俩以外，再没有人哭。

军官们小心地把棺材放进用胶合板遮着的坟墓。不知是谁往棺材上撒了一把土，据说，这是基督教的风俗。坟墓填好了。上面竖起了一块白色大理石板，只简单地写道："约瑟夫·维萨里昂诺维奇·斯大林，1879—1953"。此后这块大理石板一直充当着墓碑，直到不久前才放上了斯大林的半身像。

列宁墓用棕红色大理石建成，上面原本刻有"列宁、斯大林"字样。由于苏共中央会议通过决定后，马上就要实施移棺计划，很难立时制作新墓碑替换原来的碑文。于是，工作小组命美术家萨维诺夫制作一条宽大的白色布带，上书"列宁"，准备暂时用它盖住列宁墓上原来的字。

埋葬了斯大林，我们同迁葬委员会成员一起回到了克里姆林宫，什维尔尼克在那里签署了一项关于重新安葬斯大林的决定。后来我又随着军官和实验室的科研人员一起回到了列宁墓，把列宁的水晶棺重新安放在中央位置——斯大林1953年去世前放的位置。在我们到来之前，士兵们已经把刚刚摆放斯大林水晶棺的大理石地面擦拭干净了。前后仅用了一个小时，斯大林就从这里销声匿迹了。

从当事人尼古拉·扎哈罗夫将军的回忆可以看出，当时传说赫鲁晓夫对斯大林"焚尸扬灰"，实际上并非如此。赫鲁晓夫是经过苏共中央全会同意，作出迁葬斯大林的决定，这才派人迁葬的。这次迁葬，把斯大林遗体迁出列宁墓，迁入苏共中央领导人的墓群之中，是为了表明斯大林不能享受像列宁那样的最高领袖地位，而是把他等同于苏共中央其他领导人。

此外，在安葬斯大林时，还有一个重要细节：斯大林的棺材被放入坟坑以后，"上面"命令把一卡车的混凝土浇在上面，将他牢牢盖住，以防有人盗墓。

不知道是尼古拉·扎哈罗夫将军回忆的遗漏，还是曾经广为流传的那个细节不真实，还有待于日后考证。

迁葬斯大林，在苏联以至在世界上，都引起了巨大的震动。

领袖的身后

在此后几年里，苏联数以千计的以斯大林命名的城市、工厂、街道和集体农庄被重新命名。

在伏尔加—顿河运河旁的巨大的斯大林青铜塑像，也被推倒，送往工厂熔化回炉。

至今，斯大林仍是俄罗斯争议最大的人物。

在苏联解体的今日，在俄罗斯否定列宁的人不少，但是不占多数，而对于斯大林，多数人持否定态度。正因为这样，列宁墓今日仍在红场上屹立，列宁塑像在俄罗斯仍随处可见，但是斯大林塑像已经难以见到。有的列宁塑像也被拆除，但是列宁塑像仍被完整地保存在地下室或者莫斯科的"雕塑公园"里，而斯大林塑像在"下岗"后往往被人摧毁。

在我访问的俄罗斯朋友之中，对于斯大林持肯定态度的只是几位上了年纪的老年人，大多数人对斯大林摇头，甚至有人把他比做希特勒。

其实，斯大林曾经走过艰难的道路。1879年斯大林出生于格鲁吉亚梯弗里斯哥里城里一个鞋匠家庭。他自幼家境贫寒，少年就失去家庭温暖，只身离家出走，参加布尔什维克。从1902年至1919年，他曾经被捕7次之多，被沙皇放逐到西伯利亚达4年之久。

斯大林协助列宁组织了1917年的十月革命。从1922年起，斯大林担任苏共中央总书记，直到1953年去世。斯大林是在位最长的克里姆林宫的主人。

平心而论，斯大林也不是一无是处。对于当年的苏联，斯大林有两大贡献：

斯大林的贡献之一是1922年在第一次全国苏维埃代表大会上，提出了"在一个国家首先建立社会主义"的主张。此后他领导制定并实现了一个又一个五年计划，使苏联国民经济突飞猛进，使苏联进入核时代，并实现了工业化，人民生活水平有了迅速提高。但是，斯大林的农业集体化始终没有产生积极的经济效果；

斯大林的贡献之二是在

■列宁和斯大林

1941 年任国防委员会主席和苏联武装力量最高总司令，领导苏联人民进行艰苦卓绝的卫国战争，于 1945 年终于战胜了德国法西斯。但是，在战争之初，斯大林曾经麻痹轻敌。

斯大林的严重错误其实也可以概括为两点：

斯大林的严重错误之一是个人崇拜、个人专制。事业的成功引发铺天盖地的歌功颂德，进而变为严重的个人崇拜，而个人崇拜又导致严重的个人专制，把个人凌驾于苏共中央之上，唯他的意志是从。

法国著名作家罗曼·罗兰在 1935 年应高尔基的邀请访问了苏联。他在日记中记述了自己目击的对于斯大林的个人崇拜：

"我无法在两个斯大林之间找到共同点——前天在克里姆林宫与我交谈的斯大林，以及像罗马皇帝一样花了六个小时欣赏自己封神仪式的斯大林。一排又一排巨人的肖像在人们的头顶浮动，飞机在空中画出领袖姓名的第一个字母，人数很多的群众在皇帝的包厢前唱起颂扬斯大林的赞歌……莎士比亚如能描绘出汇集一个人身上的两个恺撒，两个斯大林，他会获得多大的满足！"

其实，罗曼·罗兰所见到的还只是 1935 年的苏联。后来，对于斯大林的个人崇拜更是到了无以复加的地步！

戴在斯大林头上的耀目的"光环"五光十色：

"各民族人民伟大的父亲"、"敬爱的慈父"、"天才的领袖与导师"、"科学技术泰斗"、"各个时代与各民族人民的最伟大天才"、"有史以来全人类最伟大的领袖"、"我们星球最伟大的人物"、"全世界的太阳"。

对于斯大林的吹捧，甚至写进了 1943 年创作的苏联国歌之中：

"斯大林培育我们，让我们忠于人民，热爱劳动，鼓励我们去建立功勋……"

然而，在这首国歌之中，居然不提苏联的缔造者列宁！

1948 年，由斯大林亲自审定、出版的《斯大林传略》，把斯大林说成是"没有任何错误的圣人"，"斯大林每一句话都是代表苏联人民说出来的，都是说了就要做的。斯大林的逻辑就是所向披靡、无坚不摧！"

对于斯大林吹捧达到甚嚣尘上的是：居然把斯大林的半身胸像伫立在欧洲最高峰、海拔 5000 多米的厄尔布鲁斯峰顶，塑像底座上镌刻着："献给一切时代最伟大的人物！"

从"全世界的太阳"，到"一切时代最伟大的人物！"，对于斯大林的个人崇拜、个人迷信，在苏联已经到了登峰造极！

领袖的身后

■ 斯大林

斯大林时代的苏联《刑法》第五十八条还这样规定：任何污损领袖像的行为都属于严重反革命政治罪行，一律判处十年有期徒刑！

于是，不小心打碎了斯大林的石膏像、弄脏了斯大林画像的人，都成了"反革命"，都被判处十年有期徒刑！

苏联作家亚·索尔仁尼琴在他的长篇小说《古拉格群岛》中，记述了他在集中营里见到过的一位老妇人，她只是因为做完针线活以后顺手把针插到糊墙壁的报纸上，可这张报纸上恰好印着斯大林的画像。就这样，她就犯了"严重反革命政治罪"而被判处十年有期徒刑！

斯大林的严重错误之二是大冤案，大屠杀。严重的个人专制，把昔日的战友视为对于自己唯我独尊的地位的威胁，于是借手中拥有的无限权力，以莫须有的罪名把战友们一个个作为"内奸"、"叛徒"、"特务"、"反革命"置之死地。从 1934 年底以基洛夫被暗杀为借口而开始发动了一场举世闻名的政治恐怖风暴，即所谓的"大清洗"，屠杀了苏联成千上万干部、军官和知识分子，一手制造了一系列冤假错案。

斯大林的"大清洗"运动，把他自己推上了人民的对立面。斯大林屠杀了人民，人民也就抛弃了他。

我注意到，在庆祝中国共产党成立 80 周年大会上的讲话中，江泽民指出："马克思、恩格斯、列宁和毛泽东同志、邓小平同志，都为我们作出了理论联系实际和理论创新的光辉典范。"这里，没有提到斯大林。

黑白参半的赫鲁晓夫之墓

在莫斯科远离红场的新圣女公墓中，最引人注目的要算是赫鲁晓夫之墓——尽管他的墓地偏居公墓一隅，丝毫不显眼。

赫鲁晓夫的墓与众不同，是由黑白两色大理石相间组成，据说这是象征着他的一生功过各半。墓上只写着一行字："尼基塔·谢尔盖耶维奇·赫鲁晓夫"，连生卒年月都没有写。墓上只有一个小小的赫鲁晓夫头像，用青铜铸成。

赫鲁晓夫是中国人非常熟悉的苏联领导人，这不仅仅因为他作为苏共中央第一书记曾经访问过中国，曾经跟毛泽东吵过架，更因为他在当年的中国，成了"现代修正主义"的化身。对赫鲁晓夫开展的"大批判"，在中国人的心目中留下了阴影。

这一回，来到俄罗斯之后，我发现，尽管苏联已经解体，但是人们在谈论起赫鲁晓夫时，赞许多于贬斥。

赫鲁晓夫刚刚上台就宣布了几项颇得人心的改革措施：

往日，由于斯大林喜欢深夜工作，上午睡觉，而他又喜欢在工作时给各中央部门、各加盟共和国的领导打电话。因此，这些中央领导、各加盟共和国领导为了适应斯大林的工作习惯，也改为深夜工作，上午休息。这么一来，在这些机关，往往上午找不到主要负责人。赫鲁晓夫在1953年9月1日起，宣布结束这种"有害的"工作制度，各机关都实行上午9时上班、下午6时下班的正常工作制度。

赫鲁晓夫宣布开放克里姆林宫，打破了克里姆林宫的神秘感，使中央领导

■ 叶永烈在莫斯科赫鲁晓夫墓前

与普通百姓的距离缩短。

赫鲁晓夫宣布取消"特供"，取消干部的"特殊津贴"，也深得民心。

在斯大林时代，开始建立一整套干部特权体系。在供应紧张的年代里，普通老百姓要排几小时的队才能买上凭票供应的一点点消费品，而高级干部们却在"特供商店"里花很少一点钱买回任何想要的物品。

在斯大林时代，全国形成了强烈的"级别"观念。什么级别的干部住多大的房子。级别越高，房子越大越好。什么级别的干部配有专车，甚至连干部级别不同，所乘轿车的牌子也不同。火车软卧成了"干部专列"，只有处级以上的干部才有资格进软卧，普通老百姓与软卧无缘，无论花多少钱也买不到软卧票。干部还有"特殊津贴"。

在赫鲁晓夫时代，干部的这种特权被取消或者大大削减了。

赫鲁晓夫还力主废除干部终身制。在他的建议下，苏共中央决定，苏共中央委员以及主席团成员，每届必须至少更新1/4。苏共中央主席团成员最多只能连任3届。

赫鲁晓夫对外主张和平共处、和平竞争、和平过渡的"三和"路线，反对冷战。

赫鲁晓夫上任之后，给苏联政治舞台带来一阵"清凉之风"。

对于赫鲁晓夫争议的焦点，在于他的"秘密报告"。

所谓"秘密报告"，是指赫鲁晓夫1956年在苏共第二十次全国代表大会上所作的报告。

苏共二十大从1956年2月14日召开，经过10天的讨论，大会宣告结束。许多代表已经在收拾行李准备打道回衙之时，突然接到通知，今夜要召开重要会议，一律凭特殊通行证出席会议。

许多代表疑惑不解，但毕竟还是在24日夜来到会场。那时，赫鲁晓夫已经端坐在主席台上。外国共产党代表被谢绝参加。会议规定，不得进行记录。这一切，都预示着这是一场非同一般的会议。

等到代表们到齐，赫鲁晓夫语出惊人，他的报告题目是《关于个人崇拜及其后果》！

代表们几乎屏住呼吸，听完赫鲁晓夫的长篇报告。

赫鲁晓夫在报告中批判了斯大林的个人崇拜、个人迷信、个人专制。

赫鲁晓夫在报告中深刻揭示了斯大林"大清洗"运动的惊人黑幕。

应当说，赫鲁晓夫是非常勇敢的，旗帜鲜明地揭发和批判斯大林的严重错误。然而，在当时，苏联处于多年的对斯大林的个人崇拜、个人迷信之中。在斯大林去世时，过度的悲哀曾经使1000多人死去，足见个人崇拜之深！许多人对于赫鲁晓夫的《关于个人崇拜及其后果》，一下子接受不了，一下子脑子转不过弯来。但是，赫鲁晓夫在报告中所列举的种种铁的事实，那一长串被斯大林"大清洗"运动致死的名单，毕竟使人们逐渐从对斯大林的个人迷信中走了出来。

赫鲁晓夫的"秘密报告"被西方间谍所掳获，4万多字的全文在西方媒体公布，震撼了全世界，尤其是震撼了国际共产主义运动。

虽然毛泽东对斯大林的大国沙文主义也曾经颇有微词，但毕竟对斯大林是尊敬的。毛泽东无法接受赫鲁晓夫的"秘密报告"，由此中苏之间开始漫长的论战。后来，毛泽东视赫鲁晓夫为"现代修正主义"的头子，发表"九评"接连不断地抨击赫鲁晓夫，甚至为了打倒"中国赫鲁晓夫"而发动了"无产阶级文化大革命"……

赫鲁晓夫在苏共二十大的秘密报告之后，在全国掀起平反斯大林时代的冤假错案的高潮。到了1956年下半年，就有近千万人的冤案得到平反。

赫鲁晓夫加快了与美国和平竞争的步伐，1957年10月4日，苏联成功地发射了世界上第一颗人造地球卫星，使全世界为之震惊。后来，又成功地把人类第一位宇航员加加林送上了太空，显示了当时苏联的强大国力和先进科技。

当然，在权力斗争上，赫鲁晓夫实际上步了斯大林的后尘：

在斯大林刚去世时，赫鲁晓夫虽然担任了苏共中央第一书记，但只是第五号人物。排在他前面的是马林科夫、贝利亚、莫洛托夫、伏洛希洛夫。在赫鲁晓夫看来，马林科夫是个能力很差的中庸人物，不足为患。莫洛托夫和伏洛希洛夫是元老人物。唯有身兼部长会议第一副主席和内务部部长（即克格勃头子）的贝利亚，会对他构成严重的威胁。赫鲁晓夫联合马林科夫以及第六号人物布尔加宁以突然袭击的方式抓捕了贝利亚。贝利亚以"反党、反国家"的罪名被枪决。

领袖的身后

139

在清除了心腹之患贝利亚之后，赫鲁晓夫联合布尔加宁逼马林科夫辞职。后来，他把马林科夫、卡冈诺维奇、莫洛托夫打成了"反党集团"。

赫鲁晓夫接着又轻而易举地清除了布尔加宁。

这样，赫鲁晓夫就成了苏联的第一号人物。后来，他又兼任部长会议主席、最高国防委员会主席，集党、政、军大权于一身，成了苏联说一不二的人物。

赫鲁晓夫在清除政敌方面，其能耐不亚于斯大林。他比斯大林进步之处，那就是除了杀掉贝利亚一人之外，对于其他的人只是撤职、开除党籍而已。

具有讽刺意义的是，赫鲁晓夫这位反对个人崇拜的"英雄"，在他上台几年之后，也热衷起个人崇拜！

每年的赫鲁晓夫生日，成了盛大的庆祝节日。

女作家加莉娜·谢列勃娅科娃在《唯善良者常在》一文中，写下一段如此吹捧赫鲁晓夫的话：

■赫鲁晓夫发表讲话

"尼基塔·谢尔盖耶维奇·赫鲁晓夫有用不完的精力。在最近十年，我们在各处都可以看到他的身影。同化学家在一起他是化学家，同农艺师在一起他是农艺师，同动力工程师在一起他是动力工程师。大地和宇宙经常吸引着他的注意。赫鲁晓夫无论在什么地方、不论他做什么、也无论他谈什么，他永远是马克思、恩格斯和列宁的坚贞不渝的学生。"

苏联报刊频繁地

报道赫鲁晓夫的活动，并对他大加溢美。1963 年一年苏共中央机关报《真理报》共刊登了他的 120 幅照片，1964 年前 9 个月竟达 140 幅。

赫鲁晓夫的下属在讲话以及文章中，已经习惯于引用赫鲁晓夫语录。

赫鲁晓夫的大幅肖像，挂遍苏联城乡。

一部名为《我们的尼基塔·谢尔盖耶维奇》的歌颂赫鲁晓夫的电影，在苏联全国上映。

在赫鲁晓夫进入"全盛时期"之际，万万没有想到，自己也会被别人清除！

所幸赫鲁晓夫享受了他批判斯大林"大清洗"运动的成果，他只是光荣"退休"而已，并没有脑袋搬家。

赫鲁晓夫是在 1964 年 10 月 14 日"退休"的。在这"退休"二字背后，隐含着赫鲁晓夫无限的心酸。因为那是 1964 年 10 月 2 日他结束与印尼总统苏加诺的会谈之后，飞往黑海之滨休假。就在这时，勃列日涅夫在莫斯科发动了"宫廷政变"。当赫鲁晓夫返回莫斯科时，等待着他的就是在"退休申请书"上签字了！

赫鲁晓夫从此成了一位退休老人。不过，他毕竟是从苏共中央第一书记的职务上退下来的，每月有 500 卢布退休金，而且配有一辆伏尔加牌专车，有两处住宅供他使用，一处是列宁山上的住宅供他终身使用，另一处为莫斯科郊区的一幢别墅。

生性好动的赫鲁晓夫忙碌惯了，一下子过起清闲的退休生活，很难适应。起初，他从收音机里收听外国短波，打发时光。他也到郊区别墅去种菜，在这方面他倒是行家里手。从 1966 年 8 月起，他终于接受儿子谢尔盖和女婿阿朱别依的劝告，开始面对录音机，口授回忆录。

于是，全家都以他为中心，忙得不亦乐乎：儿子谢尔盖为他整理录音；女婿是"下岗"的《消息报》总编辑，帮他润色；夫人尼娜·彼得罗芙娜为他打字……

全家如此努力，赫鲁晓夫仍然极不满意。他希望回忆录按照他的录音"原汁原汤"地整理，他绝对不喜欢女婿的"润色"，以为那样"篡改"了他的原意，尽管女婿是相当地卖力。他也嫌儿子和夫人的整理速度太慢，这位"第一书记"根本没想到动嘴巴口授的速度要比打字的速度快了多少倍。

于是，儿子谢尔盖找到自己可靠的朋友帮助整理赫鲁晓夫的录音带，不论是整理速度和整理质量，都得到了赫鲁晓夫的赞许。

领袖的身后

谢尔盖的往返奔忙，马上引起了克格勃的注意。克格勃迅速向苏共中央总书记勃列日涅夫作了汇报。勃列日涅夫以回忆录涉及国家机密，严禁赫鲁晓夫从事回忆录写作，更不许回忆录在国外出版。于是，克格勃加强了对赫鲁晓夫一家的监视。

　　赫鲁晓夫对勃列日涅夫的阻挠不予理睬，照样进行回忆录的录音。儿子谢尔盖为了以防不测，把赫鲁晓夫的录音带以及回忆录整理稿复制了几份，秘密保存于几个地方。

　　在回忆录写得差不多的时候，1970年5月，赫鲁晓夫累得病倒，被送进克里姆林宫医院。克格勃乘机要求谢尔盖交出赫鲁晓夫回忆录磁带和整理稿，说是在他们那里保存绝对安全，而且写下书面保证，在赫鲁晓夫出院时原封不动交还。

　　然而，在8月底，赫鲁晓夫出院了，得知儿子向克格勃交出录音带和整理稿，大为震怒。他要儿子立即向克格勃索回。克格勃耍赖了，说是回忆录被上级"调阅"，不在他们那里。谢尔盖拿出克格勃的书面保证，也无济于事……

　　克格勃自以为得计，不料，1970年10月，当西方媒体披露《赫鲁晓夫回忆录》即将由利特尔·布劳恩公司出版时，在苏联引起一场轩然大波。

　　勃列日涅夫指责克格勃的无能，因为处于严密监视中的谢尔盖居然瞒过克格勃的眼睛，把赫鲁晓夫回忆录整理稿另一份复印稿交到了国外出版商手中。

　　苏共中央检察委员会主席佩尔谢急忙召见退休老人赫鲁晓夫，交给他一份已经写好的声明，要他签字。赫鲁晓夫起初拒绝签字，后来还是签了——因为反正他的回忆录在国外即将出版，怎么声明都无所谓。

　　于是，1970年11月16日，苏联塔斯社发表了赫鲁晓夫签字的声明，全文如下：

　　　　"从美国和另一些资本主义国家的报纸的报道中看到，所谓有赫鲁晓夫的回忆录正在筹备出版。这纯属虚构，我为此感到愤慨，我从来没有把回忆录性质的材料交给时代或其他出版公司。我也没有把类似这样的材料交给苏联的出版社。因此，我声明，这是虚构的。唯利是图的资产阶级报纸曾多次制造这类谎言而被揭穿。"

　　其实，此地无银三百两的声明，反而为即将出版的《赫鲁晓夫回忆录》打了大广告!

回忆录的写作和出版,是赫鲁晓夫晚年留给这个世界的宝贵财富。就在赫鲁晓夫收到《赫鲁晓夫回忆录》英文版样书之后不久,1971年9月11日,这位"退休老人"与世长辞。

赫鲁晓夫曾经担任苏共中央第一书记,按照惯例,他可以被安葬在红场上那苏联已故最高领导人的墓群之中。赫鲁晓夫不愿在那里与斯大林为伍,况且他又是被勃列日涅夫"废黜"了的苏共中央第一书记,勃列日涅夫也不愿意让赫鲁晓夫的墓建在红场。所以,在赫鲁晓夫死后,被安葬在新圣女公墓。

在新圣女公墓,几乎每一个墓前都有墓碑、雕像,赫鲁晓夫作为曾经叱咤风云的苏共领袖,理所当然要在幕前竖立墓碑和雕像。

赫鲁晓夫的儿子谢尔盖请著名雕塑家恩斯特·涅伊兹韦斯特内设计墓碑。涅伊兹韦斯特内非常愉快地接受了这一任务。他精心地进行了设计,画出了设计图。涅伊兹韦斯特内的构思非常奇特,用黑白两色大理石组成不规则的图形。他解释说,黑与白可以理解为生与死、昼与夜、功与过、善与恶。

涅伊兹韦斯特内别出心裁的设计,博得赫鲁晓夫全家的赞许。不过,赫鲁晓夫夫人提出,墓碑上没有赫鲁晓夫雕像是不合适的。

涅伊兹韦斯特内的解释是,赫鲁晓夫作为一代名人,他的形象是任何一个苏联人都非常熟悉的。正因为这样,在墓碑上添加赫鲁晓夫雕像,反而是多余的。

由于赫鲁晓夫夫人的坚持,雕塑家最后还是在设计图上增加了赫鲁晓夫的青铜头像。

谢尔盖把涅伊兹韦斯特内的设计图送往墓碑加工厂制作。出乎意外,加工厂竟然提出,这一设计图必须得到上级批准,才能加工,理由是赫鲁晓夫非一般人物。

谢尔盖坚持加工墓碑纯属私事,设计图不必报审。可是,加工厂还是把墓碑设计方案报请俄罗斯联邦艺术基金会和莫斯科苏维埃建筑规划总管理局审批。

鉴于赫鲁晓夫是高度敏感的政治人物,对于他的墓碑设计图,谁都不敢点头。

一拖再拖,毫无音讯。

谢尔盖实在忍无可忍,决定求见勃列日涅夫。勃列日涅夫不予理睬,使谢

领袖的身后

尔盖百般无奈。

又是一拖再拖。

到底是赫鲁晓夫夫人有办法，她拨通了总理柯西金的电话。毕竟柯西金是赫鲁晓夫的老朋友，仍念旧情，批准了这一设计方案。

由于上面有人终于点了头，一层层机关也随之点了头。加工厂接受了订单，制作了赫鲁晓夫墓碑。

经过前后4年的奔走，新颖的墓碑终于出现在赫鲁晓夫墓上。

消息不胫而走，莫斯科人纷至沓来，前往新圣女公墓，瞻仰赫鲁晓夫之墓。一时间，赫鲁晓夫墓前，鲜花堆积如山。

克格勃迅速把这一动向报告勃列日涅夫。勃列日涅夫竟然下令关闭新圣女公墓！

就连赫鲁晓夫墓碑的设计者涅伊兹韦斯特内也引起克格勃的注意，他不得不借口治病，到国外过着流亡生活。

直至戈尔巴乔夫上台，结束了僵化的勃列日涅夫时代。新圣女公墓终于重新对外开放，于是赫鲁晓夫墓前又出现一束又一束鲜花……

企 业 的 辉 煌

Qiye de Huihuang

波音是西雅图的顶梁柱

出了位于西雅图南面的国际机场，在向北驱车前往市区途中，我见到了另一个机场。

这个机场并不对外开放，但又不是军用机场。当地朋友李先生告诉我，这是波音公司的专用机场！

一个公司拥有自己的机场，这并不多见。但是对于波音公司来说，这个机场是必不可少的。波音公司是世界上最大的制造飞机的公司。这个专用机场，既是波音公司试飞自己产品的场所，也是存放自己产品的地方。

波音公司是世界飞机制造业中的"超级大国"，是西雅图"航空母舰级"的企业，也是美国"重量级"的企业。西雅图向来以拥有波音公司感到骄傲。

然而，"9·11"恐怖袭击事件给了波音公司重重的一击："9·11"那天，那四架被劫持、毁损的客机，全是波音公司生产的！那两架撞击世界贸易中心大厦的飞机，都是波音767客机。撞击五角大楼的，是波音757客机。坠毁在匹兹堡的，则是波音747客机。

波音客机，是用来载客运客的，恐怖分子却把它们变成了进行恐怖袭击的巨型"飞弹"！

受"9·11"事件的打击，美国航空业一片不景气，乘客大量减少，航班大批缩减，对于客机的需求量也随之缩小。2001年第四季度，波音公司惨淡经营，利润比2000年同期重挫79%！

就在"9·11"恐怖袭击事件爆发之后最紧张的时刻，9月17日，中国航

■ 繁华西雅图

空器材进出口总公司宣布，将与波音公司签订协议，购买30架波音737型飞机，总值逾10亿美元！当签约仪式在西雅图举行时，波音公司上上下下笑逐颜开！

西雅图的朋友开玩笑地对我说："你在西雅图街上遇到的五个人之中，有一个是在波音公司工作的。如果把波音公司的家属都计算在内，那你在西雅图街上遇见的五个人之中，有两个到三个是跟波音公司有关的人。"

底特律被誉为美国的"汽车城"，但是那里有着美国三大汽车公司；西雅图则被称为美国的"波音之城"，这里是波音公司的独家天下！

波音公司是那么的大，在西雅图不仅拥有自己的专用机场，而且波音公司所属的工厂，绵延十几千米！

其实，这也没有什么可惊奇的，因为一架大型波音客机有多大，制造这样大型客机的工厂理所当然是庞然大物。

波音公司是世界上最大的航空公司，波音公司的客机长期稳占国际民用飞机市场60% ~ 70%的份额。

在全球有22万名雇员，年销售额近600亿美元！

全球每天有42000多个航班使用波音飞机，乘客达200多万人次！

波音公司的创始人威廉·波音跟比尔·盖茨一样，都是西雅图传奇式的人物。不过，就人物本身的知名度而言，威廉·波音不如比尔·盖茨那么被人们熟知，但是他创办的公司是用他的名字波音命名，而他的公司生产的飞机又是以他的名字波音命名，因此他的名字具有"世界级"的知名度。比尔·盖茨呢？尽管他的公司叫微软公司，公司的产品叫微软产品，都不用他的名字命名，但是他本人拥有"世界级"的知名度。

我在不久前访问了俄罗斯。在那里，飞机的型号是以飞机设计师的名字命名。比如，"图"型飞机是用总设计师图波列夫的名字命名的，而"伊尔"型飞机则是以总设计师伊柳辛的名字命名。然而，波音型飞机，却是以波音公司的创始人威廉·波音的名字命名。

西雅图的朋友告诉我，波音公司的创始人威廉·波音原本是一位木材批发商。虽然当时他才30来岁，已经是西雅图木材批发业的大老板之一。由他创办的波音公司，还兼做金属家具生意。

威廉·波音作为一个地道的木材和家具生意人，怎么会成为飞机制造商呢？

那是一次偶然的机会，使威廉·波音对制造飞机发生了浓厚的兴趣。

飞机是美国莱特兄弟在20世纪初发明的新玩意儿。最初的飞机非常简陋，是用钢铁、木材和帆布做成的，只能乘坐一两个人。

1914年，威廉·波音听说西雅图来了一架飞机，33岁的他仍富有好奇心，无论如何要在天上飞一趟。他说，他这一辈子还未曾离开过地面呢！

第一次飞行的惬意和刺激，使威廉·波音一下子就被飞机迷住了。他异想天开，居然要自己制造飞机！

他手下的钢制家具工厂，有着加工钢材的经验。威廉·波音竟然在那里制造飞机。

说实在的，最初的飞机比钢制家具高级不了多少。再说，威廉·波音此人又富有创造性。他用钢、木材、帆布以及绳索为基本材料，成功地制造了一架能够在水上起落的飞机。

威廉·波音驾驶着这架双翼水上飞机在西雅图联合湖上飞来飞去，引起了美国海军的注意。西雅图是美国西北部的重要军港。在海军看来，这种水上飞机，既可以用于海上巡逻，又是一种新式的海上攻击型武器！

当时，第一次世界大战的硝烟正在弥漫。美国海军官员问威廉·波音，能不能成批生产这种水上飞机？

■ 西雅图的城市雕塑

■ 波音公司

威廉·波音一口答应！

就这样，美国海军向威廉·波音订购了50架水上飞机。

1916年7月15日，威廉·波音成立了太平洋航空产品公司，开始成批生产水上飞机。

1917年，这家公司易名为波音飞机公司。

生意的红火，使波音飞机公司的利润一度相当可观。

然而，随着第一次世界大战在1918年画上句号，来自海军的订单也就戛然而止。波音飞机公司陷入了困境。因为他们生产的水上飞机除了海军感兴趣之外，别无他用！

1920年，波音飞机公司的亏损额高达20万美元。

那时候的飞机，坐不了几个人，无法用来运客。倘若用来运送货物，又显得太贵。威廉·波音颇具商业头脑。他想方设法开拓飞机的市场。他向美国邮电部门建议用飞机递送航空邮件。他的建议得到美国邮电部门的支持，于是波音飞机公司改为制造运输飞机。

飞机又有了新主顾，大批订单滚滚而来。

随着飞机制造技术的改进，飞机越造越大，可以用来载客。航空业飞速发展，订单从四面八方雪花般朝波音公司飞来。从此，威廉·波音成了美国巨富，波音公司成了世界飞机制造业的龙头老大。直到今日，波音公司依然在世

企
业
的
辉
煌

界飞机制造业中稳坐第一把交椅。

如今，波音公司的客户遍布全球145个国家。波音公司生产的"波音717"、"波音737"、"波音747"、"波音757"、"波音767"、"波音777"以及并入波音公司的麦道公司所生产的"MD-80"、"MD-90"、"MD-11"和波音公务机，在世界的各个角落起降。现在全球正在使用中的波音喷气客机达15000架。波音公司制造的喷气式客机，占世界喷气式客机总产量的64%以上！平均每3.5秒钟，就有一架波音飞机起降。

其实，波音公司生产的民用客机，仅仅是这家空中"巨无霸"企业的一部分产品。波音公司由四大业务分部组成：波音民用飞机集团、空间和通信集团、军用飞机和导弹集团以及共享服务集团。

波音公司也是全世界军用飞机的最大生产商。波音公司的战斗机和攻击机产品有F/A-18E/F超级大黄蜂、F/A-18大黄蜂、F-15鹰、F-22猛禽、AV-8B鹞、JSF联合攻击战斗机等。此外，C-17军用运输机、T-45苍鹰、767空中预警机和机载激光飞机，也都是波音公司的产品。

当然，"9·11"事件之后美国对阿富汗的军事打击，动用了许多战斗机、轰炸机，使波音公司的军用飞机销售量增加，但是毕竟抵不上在民用飞机销售上的损失。

在我来到西雅图的时候，传出令西雅图极其沮丧的消息：波音公司的总部，将离开西雅图的太空针大楼，迁往芝加哥！

西雅图的这艘"航空母舰"，为什么要从发祥地驶出，东移到芝加哥呢？

冠冕堂皇的理由是西雅图地理位置太偏了，在美国的西北角，

■ 波音飞机载着航天飞机

150　■ A380是波音公司最新产品

不便于与世界各地的客户打交道。

其实，波音公司是在西雅图诞生的。这家公司在西雅图起步，成为世界飞机制造业的"巨无霸"，怎么能够说西雅图"地理位置太偏了"呢？何况对于飞来飞去的航空业来说，一两千千米的距离根本算不了什么。

真正的内幕，西雅图市政府以及华盛顿州州政府一清二楚：波音公司东迁的根本原因，是这里的税太重了！芝加哥答应给波音公司大幅度减税，当然也就使波音公司决策"择木而栖"。当波音公司和芝加哥的"秘密谈判"已经定局之后，西雅图市政府以及华盛顿州州政府这才获知，连忙表示也给波音公司减税，但是为时已晚！波音公司不客气地说，在此之前，那么多次请求你们减税，你们为什么都不答应呢？

波音公司这只巨鹏的东飞，使西雅图黯然失色！

西雅图的"微软帝国"

波音公司和微软公司是西雅图的两大支柱产业,都跟我的日常生活有着密切的联系。我乘坐波音公司制造的飞机来到西雅图,每天打开手提电脑,用的"WinXP"便是微软公司生产的软件。

波音公司以"大"显示它的气魄:大厂房,大仓库,大机场和大产品。

然而,微软公司以"微"作为特色。微软公司没有大厂房,只有一片被草地包围着的小楼,看上去像一组别墅群罢了。

美国不时兴金字招牌。像微软公司这样的顶尖企业,也只是在大门口横砌一堵长方形的矮墙,上面写着"Microsoft",如此而已。

微软公司没有机器的轰鸣声,也没有高高的烟囱。

微软公司没有围墙,也没有门卫室之类。

西雅图朋友李先生笑着告诉我,这里唯一的特色是从那些花园洋房里出来的人,十有八九是戴眼镜的!

微软公司董事长比尔·盖茨,也就在其中一幢二层楼的小楼里办公。当然,他也戴着一副眼镜。

微软公司虽然没有波音公司那样的宏大气魄,但是它在世界 IT 业(即信息技术)的地位,比波音公司在世界飞机制造业的地位还高。

波音公司飞机每天的乘客以百万计,而微软公司产品每天的用户以亿计算。

波音公司的年销售额为 600 亿美元,而微软公司董事长比尔·盖茨的个人财产已经超过 1000 亿美元,成为世界首富!

正因为这样，西雅图那些花园别墅里的"特殊头脑"，是美国科技精英的王国，人们称之为"微软帝国"。

在"9·11"恐怖袭击事件中，这些远离纽约、华盛顿的花园，还是那样的安静。然而，无声的网络紧急警报却在这里鸣响。

"9·11"事件发生之前，美国白宫就已经高度重视网络安全问题。美国白宫安全委员会的官员在西雅图微软公司总部召开了互联网安全会议，向美国全国发出警告：高度戒备网络偷袭！

他宣称："美国在网络空间极易受到突袭，由此所造成的损失可能比第二次世界大战时期日军偷袭珍珠港造成的损失还要巨大！"

美国负责安全和基础设施防护的理查德·克拉克说，美国经济运行已经离不开网络。包括金融、交通、制造和通信等所有重要经济部门，都离不开网络。同时，美国的国家安全能力也已经依赖于网络。黑客手法如果被罪犯或敌对势力利用，将会对美国经济以及美国安全构成严重威胁。

克拉克认为，在今后，美国在网络领域可能实现三个转变：一是电话网与互联网合为一体；二是现有铜芯电缆网络转为光纤网；三是移动电话等无线设备与个人电脑相连。

"多个国家都已建立信息战中队或是分队，这些中队或分队的目标就是破坏敌国的计算机系统。"克拉克还指出，"上述国家的信息中队或分队目前正在对我们的计算机网络进行侦察，寻找其中的薄弱环节和最佳攻击点，这种攻击的破坏力甚至远远超过当年的珍珠港事件。"

克拉克认为，美国政府必须确保计算机系统的安全，否则一旦网络战争打起来，美国将付出惨重的代价。美国必须从现在就做好准备，加大对网络空间的防范力度。

微软公司董事长比尔·盖茨也强调说，"网络安全问题日益突出。随着上网设备日益多样化以及网上浏览愈加便捷，网络的安全风险在增加。因特网逐渐成为我们工作、生活和学习的中心。现在提出保障网络安全更加重要。"

美国白宫安全委员会在西雅图微软公司总部发出的警告，是具有预见性的：恐怖分子袭击美国，并不局限于劫持飞机撞击世界贸易中心和五角大楼，他们也可能在网络上发动一场惊心动魄的恐怖袭击！

在"9·11"事件爆发之后，比尔·盖茨更加强调地说，必须目不转睛地注视来自网络上的袭击！

比尔·盖茨如今不仅是"微软帝国"的"皇帝"，而且也是世界"IT帝国"的"皇帝"。

"微软帝国"把"首都"建在西雅图，因为比尔·盖茨是西雅图人，他把故乡作为发展自己事业的"根据地"。

1955年10月28日，比尔·盖茨出生在西雅图。他的父亲威廉·亨利·盖茨是一位律师，母亲是一位教师。盖茨是家中三个孩子中唯一的男孩，排行老二。

比尔·盖茨是一个聪明的孩子。他的同学曾经这么回忆：

"比尔比我们聪颖。甚至在更早的时候，当他9岁、10岁时，言谈就如同成人一般，他说的话有时我们感到高深莫测。在数学方面比尔比同班同学更胜一筹。"

1967年，比尔·盖茨的父母决定把这位智力超群的12岁的儿子，送进西雅图湖滨中学。这所中学专门招收智力超常的男生，以教育严格而著称。同时，学校又允许学生们充分发挥自己的兴趣。这样的学校，对于比尔·盖茨来说，最合适不过了。

就在进入这所不平常的学校的翌年，13岁的比尔·盖茨第一次接触了电脑。就像威廉·波音第一次乘坐飞机就迷上了飞机，从此改变了他一生的命运。比尔·盖茨也一样，他第一次接触电脑，就迷上了电脑，从此改变了他一生的命运。这两位西雅图巨子，走过了同样的道路。

也就在这一年，比尔·盖茨为电脑编写了他平生第一个程序。

比尔·盖茨和同学保罗·艾伦一起，都迷上了编写程序，两人居然成立了"湖滨程序设计者集团"。到了1972年，"湖滨程序设计者集团"改名为"交通数据公司"。这个"交通数据公司"，便是微软公司的前身。这时，比尔·盖茨不过17岁！

1973年，18岁的比尔·盖茨以优异的成绩被美国著名的哈佛大学录取。

然而，在哈佛大学念了一年，比尔·盖茨就认为那里的学习不适合自己的发展，居然作出令人不解的决定：退学！

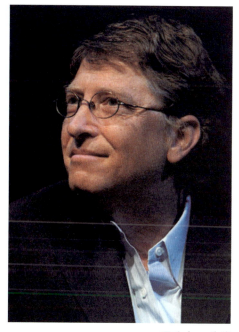

■ 比尔·盖茨

1975年，20岁的比尔·盖茨在退学之后，和同学保罗·艾伦一起把交通数据公司改名为"微软公司"，从此全身心投入电脑新型软件设计。

经过5年的艰辛设计，1980年微软公司推出"MS-DOS"系统，一炮打响。

从此，比尔·盖茨在IT业崭露头角，微软公司开始走红。

1986年，比尔·盖茨的微软公司股票在纳斯达克电子证券交易所上市。比尔·盖茨一下子就成了世界上最年轻的亿万富豪，那年他只有31岁！

1994年，39岁的比尔·盖茨拥有83亿美元资产，成为世界首富！

此后，随着微软公司的不断发展，比尔·盖茨的个人财产不断翻番，在世界富豪排行榜上稳坐第一把交椅。

比尔·盖茨依然迷醉于事业。他从来不修边幅，头发随意地倒来倒去，不讲究吃也不讲究穿。因为他很讨厌生活琐事浪费他的时间。

微软公司在IT业占据着压倒一切的优势，这却引发了一场官司。这场官司的原告，居然是美国司法部，他们告微软公司"垄断"。

这场"反垄断"官司打得惊天动地，全球皆知。马拉松式的官司打了一年又一年，耗费了作为微软公司首席执行官的比尔·盖茨的许多精力。

2000年1月13日，比尔·盖茨宣布惊人的决定，辞去微软公司首席执行官职务，由他的密友、微软公司的第二号人物斯蒂夫·巴尔默接替。

辞去微软公司首席执行官的比尔·盖茨，依然是微软公司董事长。

在新闻发布会上，比尔·盖茨解释说，辞去首席执行官，是为了能够集中精力从事新软件的开发。

在波音公司宣布迁出西雅图之后，比尔·盖茨依然坚持把微软公司总部设在西雅图。比尔·盖茨说，西雅图是他的故乡，他是喝着西雅图华盛顿湖湖水长大的。

比尔·盖茨的家，就安在西雅图华盛顿湖畔。

比尔·盖茨向西雅图市郊的梅迪纳市议会提出申请，要求审批他的住宅的扩建工程。

他在申请书中写道，原来的住宅虽然很大，而且非常气派，但其设计却有极大的"漏洞"，就是竟然只有四个卧房。这间屋原是"为单身汉而设计的，但现在却住了一家大小"，因此有必要扩建，其中包括加建一个儿童睡房，并在儿童睡房旁边加建一个游戏室及学习室，还要把内堂室与客厅连接起来。

不过，比尔·盖茨这次改建他的住宅，有一点与众不同。他居然趁着改建，铺设了总长度达80千米的多媒体通信电缆，其中大部分是光纤，把全屋与电脑服务器联系起来。这样，他使用微软公司生产的视窗操作系统，便能随心所欲地控制屋内的各种高科技设施了。

日本丰田汽车的崛起

　　"有山必有路，有路必有丰田车。"这是一句在中国耳熟能详的丰田汽车广告词。这次的日本之行，使我得以了解为什么"有路必有丰田车"？

　　从名古屋往东，大约驱车一小时，便来到一片丘陵地带，名叫长久手町。长久手町曾经作为 2005 年爱知世博会的主会场而名噪一时，数以万计的参观者涌向这里。不过，世博会在结束之后便撤销了。在长久手町，一个常开不撤的博物馆，一直吸引着众多的参观者，那便是丰田汽车博物馆（通常简称为丰田博物馆）。

■ 爱知县丰田汽车博物馆标志

企业的辉煌

丰田汽车博物馆是 1989 年丰田汽车公司（Toyota）为了庆祝成立 50 周年而设立的博物馆。从磁悬浮式高速列车的芸大通站步行 5 分钟，就到达丰田汽车博物馆。

在我看来，倘若丰田汽车博物馆只是陈列丰田汽车公司生产的汽车，参观的意义就是狭义的了，实际上丰田汽车博物馆总共搜集了 120 多部在汽车发展史上具有典型意义的汽车，其中 60 多部为欧美汽车、60 多部为日本产汽车。细细观看这一部部汽车，犹如目击了 100 多年以来世界汽车工业活生生的发展史，参观的意义就是广义的了。

步入规模宏大的丰田汽车博物馆，乘电梯上三楼，然后沿着写着"顺路"的路标到二楼、底楼参观。每一层都安放着许多样车，车前放着说明牌，写明这辆汽车的生产年份、名字、型号以及国别、生产厂。我在拍摄样车照片之后，总是再拍一张说明牌的照片，这样回去之后，可以准确地把说明文字印在样车的数码照片上。

在三楼展览厅，放在"头版头条"地位的是一辆三轮车式的"老爷"汽车，写着"1886，德国，奔驰的专利车"，还标明"复制品"。这是世界上第一辆汽车。

我注意到些细微的差别，在德国奔驰汽车博物馆，把世界上第一辆汽车的诞生年份写作 1885 年，而日本丰田汽车博物馆的说明牌上则写作 1886 年。

我沿着汽车的发展之路"顺路"前进。

1901 年法国生产的"潘汉德·罗博逊 B2"轿车，红色车头，黑色车身，四轮，已经相当漂亮。

1909 年美国生产的"福特 T 型"轿车，也是红色车头，黑色车身。

1910 年英国生产的"劳斯莱斯 40/50HP 银色精灵"，同样的红色车头，黑色车身，但是许多地方用金色装饰，显得非常豪华。

……

在世界早期的种种汽车中，我只不断见到德国、美国、法国、英国的字样，没有日本的影子。

终于，我见到了日本生产的第一辆轿车"丰田 AA 型轿车"，生产年份是 1936 年，由丰田汽车公司的创始人丰田喜一郎试制。

也就是说，日本汽车工业起步很晚，比德国晚了整整半个世纪——50 年！比西方其他主要资本主义国家也落后三四十年。

然而，日本后来居上，如今日本丰田汽车公司已经击败美国福特、通用以及德国的奔驰，一举成为全世界销售量第一的汽车大厂！

如今，不仅在中国"有山必有路，有路必有丰田车"，而且在美国也到处见到丰田车，见到日本车。

我听美国朋友说，他们喜欢日本汽车有三条理由：第一是质量好，耐用；第二是价格比较便宜；第三是省油，这一点在油价飞涨的今日更加显得重要。

其实，不光是美国人如此看好日本汽车，其他国家的驾车人也是基于这三点明明白白的理由喜欢买日本车。日本汽车制造商在 2005 年生产了 2245 万辆汽车，这一产量已经占到了世界汽车总产量（6921 万辆）的 1/3，超越了美国。在 2006 年、2007 年，日本汽车在全世界仍然独占鳌头。

在丰田汽车博物馆，我细细地观看展览，寻找着日本汽车后来居上的原因……

我的目光聚焦在丰田汽车公司创始人丰田喜一郎身上，博物馆里陈列着他的照片和铜像。这位戴着黑色圆框眼镜的日本人，看上去憨厚而执着。博物馆里有他的生平介绍。

■ 1901 年法国生产的"潘汉德罗博逊 B2"轿车

■ 1909 年美国生产的"福特 T 型"轿车

■ 1910 年英国生产的"劳斯莱斯 40/50HP 银色精灵"

丰田喜一郎出生于 1895 年，他的父亲丰田佐吉既是日本有名的纺织大王，也是日本大名鼎鼎的"发明狂"。丰田喜一郎继承了父亲"发明狂"的基因，而父亲作为纺织巨头的雄厚财力使他那制造汽车的梦想有了经济基础。

企业的辉煌

159

■ 丰田汽车公司创始人丰田喜一郎

丰田喜一郎不惧风险，没有稳稳当当去做父亲那样的纺织大王，而是选择了在日本谁都没有做过的崭新的汽车制造业。

日本是从明治三十一年，即1898年，才从法国进口了第一辆汽车。虽说后来进口的各种外国汽车渐渐多了起来，但是日本一直不会制造汽车。1929年年底，父亲派丰田喜一郎作为全权代表去英国签订纺织机专利合同，丰田喜一郎在完成父亲交给的任务的同时，还花费了四个月的时间详细考察了英国以及美国的汽车生产企业。回国之后，他向父亲详细叙述了自己打算试制汽车的计划，得到父亲的大力支持。父亲把100万日元交给丰田喜一郎作为试验经费，而且说："我搞织布机，你搞汽车，你要和我一样，通过发明创造为国效力。"

丰田喜一郎继承了父亲在生意上的精明。他首先算了一笔账：当时，美国平均每4人拥有一辆汽车。即使按照日本每10人拥有一辆汽车计算，1亿日本人需要1000万辆；按汽车的平均使用寿命10年计算，每年需要新车100万辆。这是一个十分令人神往的巨大市场。

丰田喜一郎迈出的第一步是模仿。他明白，模仿是一条捷径，因为西方国家已经有了几十年生产汽车的经验，模仿他们的汽车，可以免走许多弯路。其实，这可以说是一种"日本模式"。日本在工业生产、科学研究上，常常从仿制起步，节省了许多时间和资金。

制造汽车的关键在于制造发动机。1933年，丰田喜一郎买了一台美国"雪佛莱"汽车发动机，反复进行拆装、研究、分析、测绘。1934年，他又买了一辆德国产的DKW前轮驱动汽车，拆开进行仔细研究。

丰田喜一郎终于在1936年试制成功日本第一辆汽车——"丰田AA型轿车"。1937年8月28日，丰田喜一郎建立了"丰田自动车工业株式会社"，亦即丰田汽车公司，开始批量生产"丰田AA型轿车"，最初的产量是每月

150 辆。

丰田喜一郎用自己的姓"丰田"作为品牌，按照日语发音译成英文是"Toyoda"，所以"丰田 AA 型轿车"也就译为"Toyoda AA 型轿车"。不过，"Toyoda"只用了这一次，就没有再用。这是因为丰田喜一郎考虑到"da"这个浊音外国人不太会

■ 这是日本生产的第一辆轿车"丰田 AA 型轿车"，生产年份是 1936 年

念，后来丰田所有生产的汽车都以"Toyota"为品牌。如今，"Toyota"早已经是世界名牌。

丰田喜一郎迈出了模仿的第一步之后，积累了经验，紧接着的是创新、改进。这也是"日本模式"关键性的第二步。日本人善于钻研，而且又善于掌握最新信息——日本的翻译工作是世界第一流的。正因为这样，丰田喜一郎从仿造迅速转为创造。丰田汽车公司生产的汽车质量超越了外国车，产量也随着大大提高。在第二次世界大战之后，日本从汽车进口国转为汽车出口国，甚至在美国市场占主导地位。

1952 年 3 月 27 日，丰田喜一郎患脑出血去世，终年 57 岁。

丰田汽车公司所在的爱知县举母市，在 1959 年更名为丰田市。在日本，很少以一个企业的名字命名一座城市，丰田市是一个破例。其实这也是对于丰田喜一郎先生的纪念。

现在，丰田汽车一共有 104 个系列车型。丰田在中国设有三大分厂，即天津一汽丰田、广州丰田、四川丰田。天津一汽丰田和广州丰田主要生产组装丰田牌轿车，而四川丰田则生产丰田牌客车、重卡以及汽车零配件。

我在丰田汽车博物馆参观之后，陷入了沉思。"有山必有路，有路必有丰田车。"这句不断在中国电视屏幕上出现的广告语，其实隐含着对于中国人的讽刺。中国作为一个世界大国，满街跑的是日本品牌车、美国品牌车、德国品牌车以至意大利品牌——虽说许多车是在中国组装或者合资的。我至今还记得在长春第一汽车厂的采访。当时，听说一位外国汽车厂商在酒后吐真言，后悔道："我们只注意'消灭'上海牌轿车，却忽视了消灭长春的'红旗'！"然而，这"漏网"的中国产"红旗牌"轿车，至今仍无法抵挡潮水般涌进中国的

■ 日本是汽车王国

外国品牌车。我并不主张像韩国人那样抵制进口车、只买本国车，但是中国作为一个大国，应当拥有位居世界前列的中国名牌车，行驶在中国大地上的主要应当是中国名牌车，而不应该是如今的"万国车"。

令我汗颜的是，不论是在德国的奔驰汽车博物馆或者日本的丰田汽车博物馆，留给中国的"席位"只是小卖部里的汽车模型——Made in China！难道中国就因劳动力便宜，只配给日本与德国生产这种玩具式的车模？

我以为，应当认真想一想日本在美国"平均每4人拥有一辆汽车"的时候才开始试制汽车，居然后来居上，成为世界第一汽车生产国，这会对中国的真正崛起有着许多有益的启示。任何国家走上强国之路，都是靠扎扎实实的努力，尤其是务必在高科技领域中一个个攻克难关，创立自己的名牌，才能够强大起来。

韩国的"三星共和国"

当我住进江原道雪岳山现代秀度假村的时候，如同进入了"三星世界"。在这套两房一厅并带有厨房的客房里，空调是三星牌的，冰箱是三星牌的，电视机是三星牌的，电吹风是三星牌的，电饭煲是三星牌的，就连煤气灶也是三星牌。

这种"三星现象"说明两点：一是韩国人非常爱国，都用国产品；二是说明三星集团（Samsung）不愧为韩国第一企业，产品深入千家万户。

不过，在我家里，唯一的一件三星产品是前些年买的一台三星电脑显示器。这一回去韩国，我却被三星的数码相机所吸引。往日向来买日本电子产品的我，买下一台三星数码相机。这是因为如今的三星不仅是韩国名牌，而且已经是世界名牌。三星公司以电子产品为主，正在取代世界名牌、老资格的日本索尼，成为世界电子产品的龙头老大。

记得，2008 年我在上海买了一台日本索尼 α-200 单反相机，标明是日本原装。可是用了半年，一次我在台湾拍摄时，突然镜头剧烈发抖，从此一开机就像得了疟疾似的发抖，无法使用。回到上海之后，到索尼公司的维修部修理。我问，既是日本原装的，质量怎么这样差？对方回答说，机身确实是日本原装，但是镜头是在中国深圳组装，毛病就出在这组装件上！

作为"好摄之徒"，来到韩国，理所当然关注数码相机。三星数码相机品种相当多，我看中一款最新出品的相机。尽管我已经有了三台数码相机，但还是买下了这架小巧而性能优良的数码相机。营业员如实告诉我，这款三星数码相机有两种不同的价格，一种是韩国原装的，另一种是中国天津组装的，原装比组装的贵五六百元人民币，我还是买原装的——如果买中国组装的三星数码相机，我何必在韩国买呢？

之所以选择这款相机，是因为这架袖珍数码相机具备相当于单反机的功能，而远比单反机轻便。它具备24毫米广角镜头，也具备很好的近摄功能，可以把一枚一分钱的硬币拍得清清楚楚，很适合于拍摄风景照以及翻拍图片资料。回国之后使用了一段时间，果然不错。

如今，三星集团是韩国首屈一指的企业，年总产值占韩国国民经济总产值（GPD）的1/6。一个私有制的企业，"富可敌国"，能够在一个国家里如此举足轻重，难怪韩国人以为三星集团是"国中之国"，称之为"三星共和国"。

走出首尔地铁1号线钟阁站，吸引路人眼球的是造型新奇的蓝灰色玻璃幕墙大厦，那便是"三星共和国"的总部所在地。三星公司总部大楼是三角形的，由一位阿根廷建筑设计师设计。造型最奇特是在顶部，中间仿佛是"挖空"的，三根粗大的立柱托起三角形的顶层。这座新颖的建筑落成于1999年，建筑面积达55750平方米。整座大厦投资约10亿美元，采用智能遮阳系统，随着太阳的升降，所有电动卷帘都能自动升降，以调节办公室里的光线。

三星公司总部大楼的第18层是"三星共和国"的首脑层——总裁李健熙办公室和副总裁兼战略企划室的室长李鹤洙办公室，都在那里。

三星集团现在拥有26.7万名员工，分布在世界66个国家。这个规模宏大的跨国集团，集电子、机械、化工、金融及贸易服务为一体，其中"主打产品"为电子产品。

三星集团诞生于1969年1月，迄今不过40年的历史，从给日本企业"打工"到独创世界名牌，三星经验给人以诸多启示——

第一阶段是"打工"阶段。

最初，三星公司从日本进口电器元件，在韩国组装。1974年3月开始组装电冰箱。1974年12月，开始组装洗衣机。1975年10月，开始组装黑白电视机。由于黑白电视机的年产量突破100万台，三星公司从"打工"中赢得第一桶金。

第二阶段是仿制阶段。

三星公司逐步从组装走向仿制，生产14英寸彩色电视机（1976年）、微波炉（1979年）、家用录像机（1984年）、1M RAM（即电脑存储器，1986年）、便携式摄录像一体机（1989年）。在仿制的过程中，三星公司的高科技

企业的辉煌

研究力量得以加强。

第三阶段是自主开发，创立品牌。

有了多年的仿制经验，三星公司结束了"学徒"生活，开始独立自主开发高科技产品，创立三星品牌。此外，三星公司还收购发达国家的高技术企业（如1994年收购日本LUX公司，1995年收购美国AST Research的主要股份），或者与拥有尖端技术的竞争企业结成战略联盟，共享技术。这样，三星公司掌握了电子高科技产品的核心技术，在国际上打响了三星品牌。

第四阶段是超越索尼，成为霸主。

日本索尼公司一直是世界电子高科技的霸主，三星公司"咬住"索尼，紧跟紧追，以至终于超越了索尼公司，成为世界电子高科技的新霸主。三星公司把自己的发展战略定位为占据高端市场，而不是依靠生产低廉产品赚"辛苦钱"。三星公司极为重视高端新产品的开发，赢得多项世界第一，例如世界第一台硬盘数码摄像机ITCAM—9W，世界第一款具有光学变焦功能的300万像素照相手机、GSM/CDMA双模手机、UniJa手机、彩屏手机，世界第一台高清电视用DVD，世界第一面高清电视机用57英寸TFT—LCD显示屏等。

三星公司走过的道路，对于中国的企业有很大的启发作用。回到中国，看到上海街头到处是韩国三星的广告，拥有13亿人口的巨大的中国市场，众多的电子高科技产品几乎没有中国自己的名牌，差不多都是外国品牌的天下。就连我也不得不去韩国买三星数码相机。

什么时候中国能有自己的"三星"，自己的"索尼"？

什么时候能够在美国的城市里，在日本的城市里，在韩国的城市里，到处看见中国高科技名牌的广告？！

"三星共和国"的崛起，是韩国经济崛起的缩影。

从1950年6月25日开始的3年朝鲜战争，把韩国砸得稀巴烂。当时的韩国，哀鸿遍野，饥寒交迫，民不聊生。

韩国的经济起飞于朴正熙时代。

韩国的开国总统是李承晚。李承晚曾经是英雄式的人物。早年为推翻封建王朝曾被判处死刑，后来减为终身监禁，在狱中李承晚编撰了韩国历史上第一部《韩英词典》。几年之后获得出狱，在教会资助下得以留学美国。1911年在美国普林斯顿大学获得哲学博士学位，成为第一个在美国荣膺博士头衔的韩国人。他揭起反对日本殖民统治的大旗，成为韩国独立运动的领袖之一。

在第二次世界大战结束之后，李承晚令手下暗杀了声望极高的韩国独立领袖、被誉为"韩国国父"的金九，当选为韩国首任总统。

李承晚执政之后，使韩国人民大失所望：一是穷兵黩武，实行军事第一，鼓吹"武力北进"、"军事统一"，把国家有限的钱花费在扩军备战上；二是贪污腐败。不光是他手下的人贪污成风，他本人也大量贪污。

李承晚从70岁开始执政，前后12年，始终不重视经济发展，物价飞涨，农村破产，靠着美国援助过日子，使韩国经济陷入四面楚歌之中。他还大言不惭地自称是"韩国国父"，宣称："不是大韩民国的李承晚，而是李承晚的大韩民国。"

由于民怨沸腾，人民上街倒李。1960年4月26日，85岁的李承晚不得不发表下野声明，从而结束了12年的独裁统治（韩国人称李承晚为"第一共和国"）。尹谱善取而代之，成为韩国总统（"第二共和国"）。

1961年5月16日，军人出身的朴正熙乘着韩国政治混乱局面发动军事政变，推翻短暂执政的尹谱善，夺取政权，成为总统（"第三共和国"）。朴正熙网开一面，让前总统李承晚流亡美国夏威夷。1965年7月李承晚病死于夏威夷，终年90岁。

朴正熙一上台，面对的是经济窘迫的韩国。当时，朝鲜的人均国内生产总值已经达到253美元，而韩国只有82美元。韩国已经到了经济崩溃的边缘。

朴正熙是跟李承晚一样专制独裁的铁腕人物。然而，朴正熙上任之际，力挽狂澜，针对李承晚的两大弊病，立下两大誓言：一是"快速发展经济"，要使韩国经济迅速走出困境；二是"扫除腐败与社会邪恶，重振颓废的国民道德与民族正气"。

为了发展经济，朴正熙制订了韩国的第一个五年计划。然而，当朴正熙启动第一个五年计划时，缺乏资金。朴正熙作为铁腕人物，有着力排众议的决定权。在他上台之初，不顾众人的反对，作出两项大胆的决策：

一是当时越南战争爆发，朴正熙全面支持美国，派出5万名韩国士兵前往越南支援美军，为此美国政府给了韩国10亿美元；

二是跟曾经把韩国沦为殖民地的那个令韩国人"咬牙切齿"的日本，在1965年实现邦交正常化，获得日本总额5亿美元的经济援助。

这15亿美元成为朴正熙实现韩国经济起飞的启动资金。尤其当时日本已经逐步走出第二次世界大战的阴影，朝鲜战争使日本发了大财，因为处于战争后方的日本为了供应美军物资而迅速恢复生产，而韩日邦交正常化使日本经济的复苏带动了韩国经济。这样，韩国进入了朴正熙"军事化的高速发展时期"，每年的国民生产总值平均增长速度都接近或超过10％，创造了著名的"汉江奇迹"。

朴正熙打开国门，推行出口导向型战略，重点发展劳动密集型的对外加工产业，以低价劳动力赚取外汇。朴正熙还采用货币贬值以利出口，提高利率以抑制通货膨胀，并刺激居民储蓄以开投资来源。在1970年后，朴正熙提出"重化工业化"经济开发战略，经济发展重点由轻工业转向重化工业。

与韩国同时，新加坡以及中国的台湾、香港地区也采取同样的战略，促使经济飞快发展。这四个国家和地区被称为"亚洲四小龙"。它们的发展模式被称为"东亚模式"。

朴正熙领导韩国实现一个又一个五年计划。直至进入第四个五年计划期间，1979年10月26日朴正熙被韩国中央情报局首长金载圭暗杀，结束了长达18年的执政。

由于朴正熙实行了正确的经济政策，韩国1980年出口总值是1960年的534倍！1980年韩国人均国内生产总值达到1592美元，比1960年的82美元增长了近20倍！韩国农业在国民经济中的比重从1961年的47.4％降为1985年的15％，工矿业从16.5％上升为33.4％。

尽管朴正熙遭到暗杀，但是他确立的发展韩国经济的方针依然在历届韩国总统任内得到贯彻和发展。此后的历届韩国总统是：

崔圭夏（1979—1980执政，"第四共和国"）；

全斗焕（1980—1988执政，"第五共和国"）；

卢泰愚（1988—1993执政，"第六共和国"）；

金泳三（1992—1997执政，"第七共和国"）；

金大中（1997—2003执政，"第八共和国"）；

卢武铉（2003—2008执政，"第九共和国"）；

李明博（2008—现在执政，"第十共和国"）。

全斗焕提出了"稳定、效率、均衡"的方针，对国民经济进行了改革。他又提出"技术立国"的方针，大力发展高科技。金大中则提出"文化立国"，大力发展"韩流"——韩国文化产业。

韩国原本有18个大财阀，在激烈的竞争中，最后形成四大财阀，即三星集团、现代集团、大宇集团和乐喜金星集团。

1988年的韩国釜山奥运会，让韩国冲出亚洲走向了世界，当年就实现了

GPD12.8% 的增长。1996 年韩国人均国内生产总值突破了 1 万美元大关（达到 10037 美元）。1997 年的亚洲金融危机曾经重创韩国经济，但是金大中冷静应对，使韩国经济走出风暴。到了卢武铉时代，韩国经济又重新高速增长。2009 年韩国人均国内生产总值则逼近 2 万美元大关。

除了三星集团夺取了世界高科技霸主地位之外，如今韩国的造船业居全球第一、轮胎业全球第三、合成纤维生产及纺织业全球第四、汽车生产全球第五、钢铁生产全球第六。

把韩国跟中国相比，韩国的国土面积仅为 9.9 万平方千米，约占中国面积的 1%，只相当于广东省的一半，跟江苏省相当。人口也只有 5000 万，约为中国的 1/26。然而，韩国经济规模的总量，已居世界第 10 位，接近于中国的 1/3，而其人均国民生产总值差不多是中国的 10 倍。所幸中国自改革开放以来，经济有了长足的发展，跟韩国的经济差距还不至于像朝鲜那么大。

韩国作为一个小国，能够取得如此令人刮目的经济成就，确实不容易。正因为这样，韩国驶上经济快车道的经验，值得中国借鉴。

印度"塔塔"的启示

在去印度之前，我才第一次听说"塔塔"。虽说我知道在印度要乘坐一种叫做"塔塔"的汽车，但是我不知道"塔塔"究竟是什么？

到了印度，见到陪同乌玛桑戈，我就问他，什么是"塔塔"？

经他解释，我这才明白"塔塔"是印度国产汽车的一种品牌，英文的原文是"TATA"。

乌玛桑戈告诉我，我所乘坐的白色轿车，就是"TATA"牌轿车，是印度生产的。凡是"TATA"牌汽车，车头或者车尾，都镶着银色的"TATA"4个英文字母，我还认得了镶着"TATA"品牌的汽车标志（当然，除了乘坐"TATA"轿车之外，在印度我后来也换乘过日本品牌和韩国品牌的轿车）。

我开始注意公路上来来往往的汽车。我发现，印度有进口外国品牌的汽车，但是没有中国那么多。印度不少汽车是国产的，"TATA"牌子的汽车很多，既有小轿车，也有商务车，还有公共汽车、载重大卡车。有一回，乌玛

170　■ "TATA"汽车标志

■ "TATA"轿车　　　　　　　　　　　　■ 瓦拉纳西居民的"TATA"轿车

　　桑戈指着从旁边驶过的一辆红色的小巧的轿车说，那是世界上最廉价的轿车，每辆只售 2500 美元，也是"TATA"牌的，叫做"TATA NANO"。我请司机"跟踪"那辆红色的小轿车，以便让我从侧面、后面拍摄这辆"TATA"牌廉价轿车。

　　这种超低价轿车"TATA NANO"，是 2008 年 1 月首次在印度国际汽车摩托车零配件展览会亮相的。TATA 集团董事长在新闻发布会上宣称，"TATA NANO"是世界上最廉价的轿车，而性能又相当的好。这是一款四门、五座、后轮驱动的轻便型车，仅有一个风挡雨刷器，没有方向盘助力系统、电动车窗和空调系统。印度作为一个快速发展的新兴经济体，"TATA"推出的超级低价轿车，将使成千上万的印度家庭实现有车的梦想。

　　实践证明，"TATA"集团走低价路线是成功的。"TATA"品牌轿车不仅在印度畅销，而且还打入欧洲市场。

　　"TATA"集团除了生产满足印度中产阶层所需要的超级低价轿车之外，也生产高级轿车，以满足印度富豪家庭的需要。

　　我从印度的"TATA"，记起了日本洁具的品牌"TOTO"。我问乌玛桑戈，印度的"TATA"是不是模仿了日本的"TOTO"？

　　其实，"TATA"集团是一个具有 100 多年历史的私营企业。"TATA"集团的创始人是 Jamsetji Nusserwanji Tata，"TATA"这品牌取自他

企
业
的
辉
煌

171

■ "TATA" 大巴车

的姓，跟 "TOTO" 无关。当印度有 "TATA" 集团的时候，日本还没有 "TOTO" 呢。

　　1839 年 Jamsetji Nusserwanji Tata 出生于印度古吉拉特邦一个小镇，14 岁随父亲到孟买谋生。1868 年，这个聪明的年轻人用 2.1 万卢比创立了属于自己的贸易公司，这便是"TATA"集团的前身。"TATA"逐步发展，从小公司发展为大集团。现在的"TATA"集团，是由 Jamsetji Nusserwanji Tata 的第三代掌握。令人惊讶的是，"TATA"集团虽然是私营企业，但是并非依照家族的血缘关系来继承，而是挑选本集团中最能干、最有眼光、最有魄力的人继任。三代"TATA"集团的董事长，彼此之间都没有血缘关系。"TATA"集团民主选择接班人，而不是依照家族直系血亲来继承，是"TATA"集团兴旺发达的重要原因。

如今，"TATA"集团是印度实力非常强大的私营企业，已经发展成为跨国集团，业务范围非常的广泛。曾经有印度人说：他在清早起来，喝了一杯"TATA"茶，然后驾驶着"TATA"牌轿车去上班。在驾车时"TATA"手机响了起来，原来是女朋友打来的电话，女朋友用的也是"TATA"手机。到了公司，打开"TATA"品牌的电脑，用"TATA"网络上网。他所用的电、汽油，说不定也是"TATA"旗下的公司供应的……

"TATA"集团的生产领域已经遍及印度国民经济的方方面面，其中包括农具、农用化学品、书籍、出版物、手机产品及服务、陶器、咖啡、冷却用具、化肥、金融服务、食品、服装及家庭用品、家电、饭店、住宅、保险、珠宝、多用途车辆、小轿车、汽车零件、茶叶、通信、钟表、咨询服务、能源、工程设备及服务、信息技术、基础设施材料、贸易……

"TATA"集团与时俱进。在网络时代，抓住了最佳商机。据报道：

> 2002 年 TATA 集团通过并购印度最大的国际电信服务提供商 VSNL 公司，从而进入通信领域，VSNL 是一家国有垄断型的提供国际电信服务的企业。2004 年 TATA 以 1.3 亿美元的价格从美国全球网络公司 Tyco 手中购买了美国电话电报公司的海底光纤电缆网络，Tyco 拥有 6 万千米的电缆网络，包括连接美国至英国、日本、新加坡的海底光缆，TATA 从而成为世界上最大的海底电缆带宽供应商之一。而当初美国电话电报公司花在开发此网络上的资金高达 30 亿美元。2005 年以 2.39 亿美元完成对加拿大公司 Teleglobe 的收购，Teleglobe 的全球网络延伸至 240 多个国家和地区。

"TATA"集团的创始人 Jamsetji Nusserwanji Tata 有一句名言："把印度发展成为一个工业大国。""TATA"集团很快要从第三代掌门人传承到第四代掌门人。他们代代相传，为的是"把印度发展成为一个工业大国"。

■ "TATA" 轿车

    "TATA" 集团是印度私营企业成功的典型。2005 年印度政府特意邀请世界知名的人力资源管理咨询公司 Hay（合益）集团对印度 30 多位卓越企业领导人进行了研究，以找到印度企业成功的特点。Hay 的结论是，印度的成功企业家在以下四个方面有自己的特点：

    执着地专注于成长和创新；

    高度利他主义的经商哲学；

    高度的坚韧力和诚信度；

    正式和职业化的人际关系取向。

    印度企业从尊崇"适者生存、优胜劣汰"的竞争法则，转向追求忠诚、不求回报、重视企业与社会和谐发展的理念，促使了印度本土企业的成长和壮大。

    我从"TATA"看到了印度崛起的缩影。

先贤的追忆

Xianxian de Zhuiyi

CONSIDERATION LIKE

AN ANGEL CAME

AND WHIPT THE OFFENDING

ADAM OUT OF HIM.

莎士比亚在这里生活

"金子！黄黄的、发光的、宝贵的金子！……只这一点点儿，就可以使黑的变成白的，丑的变成美的，错的变成对的，卑贱变成尊贵，老人变成少年，懦夫变成勇士……这黄色的奴隶可以使异教联盟，同宗分裂；它可以使诅咒的人得福，使害着灰白色的癞病的人为众人所敬爱；它可以使窃贼得到高爵显位，和元老们分庭抗议；它可以使鸡皮黄脸的寡妇重做新娘……"

英国著名作家莎士比亚在《雅典的泰门》中，用这样生动、尖锐、深刻而又富有哲理的语言，勾画出黄金在人们心目中的形象。

莎士比亚的戏剧作品，很早就深深地感动了我。

拉近我与莎士比亚的距离，还有另一层缘由，那就是我多次采访了梁实秋夫人韩菁清，她谈及梁实秋花费多年时间，完成了《莎士比亚全集》的中文翻译工作。

在中国，莎士比亚作品的译者有三，即梁实秋、朱生豪、卞之琳。朱生豪是中国最早翻译《莎士比亚戏剧全集》的人，从1936年春就着手翻译，终因在抗日战争中颠沛流离，劳累过度而早逝，未竟其业。卞之琳是诗人，他所翻译的莎士比亚作品辞藻华丽，充满诗意。梁实秋则以散文笔调翻译莎士比亚，在三人之中是唯一独力全部完成《莎士比亚全集》中译本的一位。

翻译《莎士比亚全集》，梁实秋整整用了37年的时间，工程之大，耗时之长，令人惊叹。译成后，梁实秋已经65岁，朋友们特意为他在台北举办了

■ 斯特拉特福小镇的莎士比亚故居

庆功会。在会上，梁实秋说道："翻译《莎士比亚全集》要具备3个条件。"大家忙问是哪三个。梁实秋说："第一，他没有学问。如果有学问，他就去做研究的工作了；第二，他不是天才。如果是天才，他就会自己创作作品了；第三，他要长寿，否则就无法译完。荣幸的是，这三个条件我都符合，所以我才得以完成这部伟大作品的翻译工作。"梁实秋在幽默之中，道出了翻译《莎士比亚全集》的无限艰辛。

一位外国作家，能够有一两部作品被译成中文，已经相当荣幸。然而莎士比亚不仅全部作品被译成了中文，而且是由3位中译者各自进行，仅就这一点就可以看出莎士比亚作品非同凡响。

把《莎士比亚全集》翻译成中文，要付出毕生的努力，而莎士比亚虽说是世界公认的天才，但是他众多的作品毕竟要经过反复构思，然后用鹅毛笔一个字母一个字母地写出来，再在戏剧的演出过程中经过仔细的修改，其艰辛当然远胜过中译者梁实秋。

终于有机会在英国来到莎士比亚的故乡，参观他的故居，近距离了解他当年的生活，我这才更加深刻地了解莎士比亚。

英国中部瓦维克郡斯特拉特福小镇，是莎士比亚的故乡。这是一个美丽、安静、整洁、鲜花盛开的小镇，距离伦敦200多千米。有水则灵，清澈的埃文河（AVON）蜿蜒穿过斯特拉特福小镇，河边绿树成荫，天鹅三三两两"白毛浮绿水"，小船零零散散"野渡无人舟自横"，使小镇带有几分中国江南水乡的风光。

　　莎士比亚故居是一座带阁楼的二层木质结构小楼，坐落在斯特拉特福小镇亨利街的北侧。这样的小楼在英国有千千万万，唯有这里由于诞生了英国"几百年才出一个"的天才，引来无数"粉丝"前来参观，给小镇带来莫大的荣光，也带来了繁荣和生机。

　　亨利街斜铺着一层近乎褐色的红砖，一尘不染，干干净净。我来到莎士比亚故居前，一望而知是都铎时代建筑风格，一根根粗大的梁、柱都显露在外，而外墙抹着灰黄色的泥土，看上去非常朴素，没有半点张扬。窗户和门廊凸出在墙外。与众不同的是，门廊上方有一个金属盾牌，上面斜画着一支笔——这显然是后人为莎士比亚故居做的标志。莎士比亚贡献于人类，就是手中那支笔。另外，大门左侧，挂着一块绿底黄字铭牌："THE BIRTHPLACE OF WILLAM SHAKESPEARE（1564—1616）"，即"威廉·莎士比亚的诞生地"。

　　这幢斜坡瓦顶、已经有 400 多年历史的木屋，对于大文豪莎士比亚来说，他生于斯，逝于斯，他的朝气蓬勃的童年、青少年时代和人生的暮年，都在这里度过。18 岁时他与比他大 8 岁的当地姑娘安妮结婚，也在这里。他从 20 岁的时候步行到伦敦闯天下，直至 48 岁从伦敦归隐故里，那 28 个春秋在伦敦的

　■ 莎士比亚故乡的都铎时代风格建筑

另一幢房子里度过，他那些闪耀着智慧与光芒的众多剧本都是在那里写成的，可惜那幢房子——他的工作室已经不复存在，所以斯特拉特福小镇的这座老木屋，成为莎士比亚唯一现存的故居。

莎士比亚的父亲是经营羊毛、皮革制造及谷物生意的杂货商，生意做得还可以，所以买下了这幢两层半（半层是阁楼）的房子，一半做住宅，一半做于工作坊。1564 年 4 月 23 日，威廉·莎士比亚在这幢房子里出生。莎士比亚曾经在小镇上一所教授拉丁文的学校学习。14 岁的时候，由于父亲破产，莎士比亚不得不中断学业，在肉店当学徒，也曾在乡村学校当教师。所以，如果就学历而论，莎士比亚大约只能算是初中文化程度。

到了 20 岁，莎士比亚终于决定要去伦敦打工。他在剧院当马夫，当杂役。其实，莎士比亚这五光十色的底层生活，用高尔基的话来说，在底层干杂七杂八的工作，那就是"我的大学"。莎士比亚后来被推崇为"语言大师"、"词汇最丰富的作家"，就是因为他来自社会底层、来自民间。

在剧团干了 4 年杂活，受到剧院文艺气氛的感染，莎士比亚居然进入剧团，当了个小角色。就在这时候，因剧团缺乏剧本，他开始改

■ 叶永烈在莎士比亚画像前

■ 莎士比亚纪念碑

先贤的追忆

179

编前人的剧本，居然当起编剧来——他才24岁。紧接着，莎士比亚着手独立创作剧本。就这样，莎士比亚的杰出才华，终于在戏剧创作中闪光。

尽管莎士比亚的剧本上演之后，受到观众的好评，可是当时伦敦的戏剧文坛是由那些牛津大学、剑桥大学的"才子"们所把持，他们瞧不起这个来自"乡下"、没有"文化"的"小子"，讽刺莎士比亚是"粗俗的平民"、"暴发户式的乌鸦"。

尤其当时的英国深受法国的影响，剧本用法文写作，戏剧用法语演出，以为那样才"高雅"，而莎士比亚却用英文写作，他的戏剧不仅受到贵族的喜爱，也受到广大平民的欢迎。

莎士比亚凭借他一个又一个扣人心弦的剧本，崛起于伦敦戏剧舞台，崛起于英国文坛。

1592年，28岁的莎士比亚以剧本《爱的徒劳》、《错误的喜剧》、《亨利六世》等开始驰名伦敦。从30岁到35岁，莎士比亚进入创作的黄金时期。

莎士比亚一生总共写了37部剧本，还写了2部长诗和154首十四行诗。

莎士比亚笔下的悲剧有：《罗密欧与朱丽叶》、《麦克白》、《李尔王》、《哈姆莱特》和《奥瑟罗》等。

莎士比亚笔下的喜剧有：《错中错》、《终成眷属》、《皆大欢喜》、《仲夏夜之梦》、《无事生非》、《一报还一报》、《暴风雨》、《驯悍记》、《第十二夜》、《威尼斯商人》、《温莎的风流娘们》和《爱的徒劳》等。

莎士比亚笔下的历史剧有：《亨利四世》、《亨利五世》、《亨利六世》、《查理二世》、《查理三世》和《约翰王》。

莎士比亚笔下的正剧有：《罗密欧与朱丽叶》。

莎士比亚笔下的长诗是《维纳斯与阿多尼斯》和《鲁克丽丝受辱记》。

莎士比亚从编剧而导演而剧院股东，1603年詹姆士一世继位，莎士比亚的剧团成为"国王供奉剧团"，他和剧团中的演员被任命为"御前侍从"，因此剧团除了经常巡回演出外，也常常在宫廷中演出。

莎士比亚在48岁之后搁笔，从伦敦回到了斯特拉特福镇，过着退隐生活。

莎士比亚52岁生日那天——1616年4月23日，病逝于斯特拉特福小镇那座木屋——他的去世之日，正是他的诞辰。莎士比亚死后，葬于圣三一教堂。

如今的斯特拉特福小镇几乎成了莎士比亚小镇。在那里，我拜谒了高大的纪念碑，莎士比亚青铜雕像踞于纪念碑之巅，而纪念碑四周，则是莎士比亚笔下人物的青铜雕像。

莎士比亚故居之侧，便是莎士比亚纪念馆。在那里的巨幅莎士比亚画像前，我得以与这位英国文学巨匠合影。这个前额中庭微秃、尖鼻、留着长发和八字胡的男子，已经成为英国的文学符号，成为英国女王王冠上最闪亮的钻石。

就在我来到莎士比亚故居之后不久，很巧，中国总理温家宝访问莎士比亚故居。温家宝总理给予莎士比亚高度评价。他说："莎士比亚不仅属于英国，也属于世界；不仅属于一个时代，而且属于整个历史。他的英名和作品永垂不朽。他永远是我们交流的桥梁。"

在留言本上，温家宝写道："给人生带来阳光，给梦想插上翅膀。"

温家宝还引用了德国诗人歌德对莎士比亚的评价：

> 当我读到他的第一篇作品的时候，我已经觉得我是属于他了。当我读了他的全部作品时，就从一个盲人变成能够看到整个世界的人。

■ 莎士比亚笔下的鲜活人物

■ 莎士比亚笔下的哈姆雷特

先贤的追忆

181

牛顿苹果树和牛顿桥

在剑桥大学培养出来的诸多名流精英之中，首屈一指的是谁？

他不是88位诺贝尔奖获得者中的一个，因为在他生活的年代，不仅还没有诺贝尔奖，甚至还没有诺贝尔其人。

这位最伟大的剑桥名人，同时也是世界著名的科学大师就是艾萨克·牛顿（Isaac Newton）。

牛顿与剑桥，尤其是与剑桥圣三一学院，有着极其密切的关系。我用以下的粗线条，勾勒牛顿的一生：

■ 牛顿画像

牛顿，1643年1月4日出生于英格兰林肯郡格兰瑟姆附近的沃尔索普村的自耕农家庭。

1661年，18岁的牛顿以"减费生"进入英国剑桥大学圣三一学院。所谓"减费生"，就是因为牛顿家境贫困，为了减免费用，需要在校内做一些服务性杂役，包括准备晚餐和侍候那些富家子弟用餐。

1664年，牛顿由于成绩优秀获得奖学金，免除了杂役。

■剑桥三一学院

    1665年，牛顿获圣三一学院学士学位。就在这一年，22岁的牛顿提出了数学上的二项式定理。

    1668年，牛顿获圣三一学院硕士学位。

    1669年，26岁的牛顿成为圣三一学院数学教授。

    牛顿在圣三一学院担任教授期间，创立了微积分，提出方程论与变分法。他在物理学上提出著名的牛顿运动三大定律。

    1672年，牛顿被选为英国皇家学会的会员。

    1688年，牛顿被推选为国会议员。

    1696年，牛顿出任皇家造币厂监督，从剑桥移居伦敦。

    1703年，牛顿担任英国皇家学会会长。

    1706年，牛顿受英国女王安娜封爵。

    在晚年，牛顿迷醉于研究神学。

    1727年3月31日，牛顿在伦敦病逝，享年84岁。

    从以上的"粗线条"中可以看出，从1661年进入剑桥圣三一学院，直至1696年从剑桥移居伦敦，牛顿在剑桥生活了35年之久。牛顿在科学上作出的杰出贡献，正是产生于这35年，他在剑桥学习和工作期间。

    正因为这样，牛顿成为最伟大的剑桥名人，众望所归，当之无愧。他的声望超过了曾经在剑桥基督学院学习的生物学家查尔斯·达尔文和圣三一学院

先贤的追忆

183

学习的诗人拜伦。

一个名人，尤其是牛顿这样的"超级名人"，往往就会有种种传说，而这些传说一传俩、俩传仨、仨传十、十传百、百传千……虽说"拷贝不走样"，其实越传越走样。

在剑桥，就有两处"牛顿纪念处"，带有明显的走样的成分。

圣三一学院坐落在剑河东岸，古老的哥特式建筑的四周环绕着绿色的草地。我在圣三一学院大门口不远处，看到一棵枝繁叶茂、看得出受到精心照料的苹果树，人称"牛顿苹果树"。这棵"牛顿苹果树"孤零零地长在一片草坪上。令人奇怪的是，这棵"牛顿苹果树"四周，并没有一块说明的牌子，但是人人皆知那是"牛顿苹果树"。据说其中的原因是，就像牛顿那样大名鼎鼎的科学家不需要名片一样，这棵"牛顿苹果树"也不需要任何说明文字。

既然没有"官方文字"可供考证，传说就不一而足。传说之一，是说牛顿坐在这棵苹果树下，看见苹果掉下来，触动了灵感，因此发现了伟大的万有引力定律。

不过，通常关于牛顿与苹果的故事，是这样描述的：

> 在假期里，牛顿常常在自家花园里小坐片刻。有一次，像以往屡次发生的那样，一个苹果从树上掉了下来……一个苹果的偶然落地，使那个坐在花园里的人开了窍，引起他的沉思：究竟是什么原因使一切物体都受到差不多总是朝向地心的吸引呢？牛顿一拍脑门。终于，他发现了对人类具有划时代意义的万有引力定律。

这里权且不论这个故事是否真有其事。但是故事中的"牛顿一拍脑门"的地方，明明是在"自家花园"，也就是在林肯郡格兰瑟姆沃尔索普村的牛顿老家，并不在剑桥的圣三一学院。

据查证，这个牛顿与苹果的故事，出自法国作家伏尔泰（Voltaire，1694—1778）的作品。他对牛顿的传奇人生产生浓厚的兴趣。1726年，即牛顿去世前一年，伏尔泰前往英国采访，当年写了25篇通讯，其中第15篇通讯中提到这个苹果落地的故事。他在文章中说，这个故事是听牛顿的侄女告诉他的。牛顿终生未婚，侄女是牛顿唯一的亲人，她讲的故事当然可靠。

后来，在1752年，有一位比牛顿小45岁的牛顿的朋友叫威廉·斯图克雷（William Stukeley），又证实了这一故事。斯图克雷是考古学家，也是牛顿的传记作者。他在《追忆艾萨克·牛顿爵士的生活》一书中说，也是在

■这是为了纪念牛顿而种的苹果树

1726年，牛顿本人也向他讲过这个故事。

斯图克雷是这样写的：

　　晚餐后，天气很暖和，我们走进花园，在苹果树的荫凉下聊天，只有他和我。他告诉我，当时他坐在那沉思冥想，恰巧一只苹果落下来，他就想，为什么苹果总是垂直落下来？为什么不侧向一边或向上，而是朝向地球中心？原因一定是地球在拉着它……

斯图克雷的叙述似乎更加可靠，因为这是牛顿亲口告诉他的，虽然当时"只有他和我"，并无第三者。

不论是牛顿侄女的讲述，还是牛顿本人的讲述，都在1726年——牛顿去世前一年。此前，谁也没有听牛顿侄女以至牛顿本人讲述过苹果与万有引力定律的故事。

不管怎么说，苹果与万有引力定律的故事富有传奇色彩，而且在逻辑上也顺理成章，何况有牛顿侄女以至牛顿本人的口述为证，这故事广为传播，以致成了关于牛顿的一个"经典故事"。

好事者不乏其人。那棵触动牛顿灵感的苹果树，既然生长在牛顿的格兰瑟姆沃尔索普庄园里，有人就前往那里寻找。很遗憾，1820年的一场暴风雨刮倒了那棵苹果树，从此格兰瑟姆沃尔索普庄园之中就没有了苹果树。

后来，英国约克大学一位名叫基辛的博士，仍孜孜不倦地研究这一"课题"，力图找到那棵极其"伟大"的苹果树。功夫不负有心人，基辛博士几经

先贤的追忆

185

■ 上海的城市雕塑——牛顿与苹果

努力，找到一张格兰瑟姆沃尔索普庄园 18 世纪时的草图，上面描绘了暴风雨以前的庄园环境，包括了那棵苹果树所在的位置。基辛博士喜出望外，带着图纸赶到牛顿家乡，那里居然有一棵与图中极为相似的苹果树，它不仅存活着，而且抽出了新芽!

基辛博士把他的调查写成论文，发表在《当代物理学杂志》上。

圣三一学院大门口附近的那棵苹果树，据说就是从牛顿家乡那棵劫后余生的苹果树上剪下枝条插枝而成。

还有人证明，圣三一学院那棵苹果树旁边，就是牛顿当时住过的宿舍，从窗口可以看到这棵苹果树，也许是牛顿从宿舍的窗口看见那棵苹果树掉下苹果，因此发现了万有引力定律。不过，令人遗憾的是，圣三一学院那棵苹果树从来只长绿叶，没有结过苹果。

那棵苹果树旁边是牛顿当时住过的宿舍，这件事倒是千真万确的。如今，那个房间沾了牛顿的光，也"牛"了起来。只有圣三一学院数学成绩最优秀的学生，才有资格住进那个房间，以不时透过窗口看到那棵苹果树，也许在什么时候也能从苹果树获得震惊世界的灵感。

好事者不分中外。居然有中国一南一北两所大学派专人前往剑桥，郑重其事地从圣三一学院引进那棵牛顿苹果树的枝条，然后在中国的校园举行隆重仪

式，栽种牛顿苹果树。据说，这将激励学生发扬"牛顿精神"。

在剑桥，另一个带有明显的走样成分的"牛顿纪念处"，在王后学院。

在王后学院的后门，剑河之上，我看到有一座漆成灰色的古色古香的木桥，架在一幢红砖楼房与对岸之间。这座桥名叫"数学桥"，又称"牛顿桥"。

这么一座木桥，怎么会叫"数学桥"？怎么又会与牛顿的大名联系在一起呢？

原来，这座桥用术语来说，是"木质桁架桥"，已经有250多年的历史。桥旁的两层红砖楼房，是王后学院院长官邸。

这座木桥的设计者，据传是牛顿。牛顿在圣三一学院担任数学教授时，用数学和力学的方法设计了这座桥，桥上居然没有用一颗钉子，所以这座桥被叫做"数学桥"、"牛顿桥"。

可是现在这座木桥上有许多螺丝固定。这又是怎么回事呢？原来，王后学院的学生对这座桥很好奇，就把木桥拆开，可是竟然无法恢复原先没有一颗钉子的原状，只得动用许多螺丝固定。王后学院的学生们打心底里敬佩数学、物理大师牛顿。

关于"牛顿桥"的传说，虽然没有牛顿与苹果的故事流传那么广，但是在剑桥无人不知，无人不晓。

先贤的追忆

187

后来有人对"牛顿桥"的历史进行仔细的考证，发现"牛顿桥"与牛顿毫不相干。

这座木桥建于1749年，而牛顿则于1727年辞世，何况牛顿早在1696年就已经离开剑桥迁往伦敦，所以牛顿不可能是木桥的设计者。

木桥的真正设计者是威廉姆·埃斯里奇（William Etheridge）。他在王后学院读书时，设计了这座木桥，设计图上就标明要用许多螺丝固定，并非没有一根铁钉。詹姆斯·小埃塞克斯根据埃斯里奇的设计，建造了这座木桥。后来埃斯里奇成为英国著名的桥梁设计师。

埃斯里奇所设计的这座木桥，桥身相邻桁架之间均构成11.25度的夹角。在18世纪，这种设计被称为几何结构，所以此桥得名"数学桥"。

由于"数学桥"在当时属于很先进的设计，好事者把"数学桥"的成功归于伟大的牛顿，以至一直传到今天。好在牛顿是剑桥的大名人，给牛顿添上耀眼的光环，即使是虚假的光环，也没有人去较真。

在剑桥，真正的牛顿纪念品，当推剑桥大学图书馆所收藏的珍贵的牛顿手稿。

这些牛顿手稿，包括牛顿研究天体力学、引力理论、光学、微积分和化学问题的手稿与有关信件。

这些牛顿手稿，是1872年由朴次茅斯伯爵把家传的一批牛顿手稿和书籍等捐赠给剑桥大学。

另一批牛顿手稿，是由麦克尔斯菲尔德家族所收藏。2000年，麦克尔斯菲尔德伯爵委托苏富比拍卖行拍卖牛顿手稿。消息传出，剑桥大学设法筹集资金，以637万英镑买下这批珍贵的牛顿手稿，其中的479万英镑是由英国遗产彩票基金会捐赠的。

这两批牛顿手稿，成为剑桥大学图书馆的镇馆之宝。

在雅尔塔拜谒契诃夫故居

"我早在中学时代就拜读了《契诃夫短篇小说选》，契诃夫是我崇敬的俄罗斯文学大师。"

在雅尔塔，我参观了契诃夫故居。那里已经被辟为契诃夫纪念馆。纪念馆副馆长得知我是中国作家，便希望我能够在纪念册上题词，我当即写下了上述这句话。

■ 新圣女公墓的契诃夫墓

契诃夫是我心仪已久的俄罗斯著名作家。在莫斯科新圣女公墓，我拜谒了墓碑上刻着契诃夫名字的陵墓。在莫斯科特韦尔斯卡娅大街（原高尔基大街）我曾见到过契诃夫塑像。这一回，在乌克兰的雅尔塔，我详细地参观了位于库楚柯伊村的契诃夫故居。

在契诃夫纪念馆的外面，有一堵白色大理石的墙面，上面有五幅雕塑。许多朋友能够当场认出是契诃夫小说《海鸥》、《小公务员之死》、《万尼亚舅舅》、《变色龙》、《套中人》中的人物和故事，表明契诃夫的作品早已为广大读者耳熟能详。他笔下的小官僚、小公务员、小市民之类形象鲜活的小人物，给人们留下难忘的印象。

契诃夫纪念馆馆长是一位博士，留着契诃夫式的胡子，是研究契诃夫作品

先贤的追忆

的专家。他告诉我，在俄罗斯和乌克兰，总共保存了七处契诃夫故居，每一处都建立了契诃夫纪念馆。这些纪念馆都是在苏联时代建立的。

在苏联时代，不仅建立多处契诃夫纪念馆，对于普希金、高尔基、托尔斯泰等俄罗斯文学大师，也都建立了多处纪念馆，充分表明了对于作家的高度尊重。

在7个契诃夫故居之中，雅尔塔的契诃夫故居是契诃夫晚年最后5年的住所。1904年7月15日，年仅44岁的契诃夫在这里病逝。

纪念馆馆长说，每年4月，都要在这里召开契诃夫作品研讨会。出席会议的不仅有俄罗斯的专家们，也有来自世界各国的研究者。契诃夫是俄罗斯人民的骄傲。中国著名作家巴金在1954年曾经来此访问。

契诃夫为什么从莫斯科迁往雅尔塔呢?

陪同参观的契诃夫纪念馆副馆长，是一位头发花白的女士。她告诉我，那是因为契诃夫在晚年患肺结核病。在那个年代，肺结核病如同癌症一样可怕。他听从了医生的劝告，携母亲和妹妹一起来到这风景宜人、气候温暖的黑海之滨养病。

副馆长说，这里本是一片靠海的荒地，契诃夫倾其所有，在这片荒地上建造了一幢两层的白色别墅。

契诃夫很喜欢别墅四周的两亩空地，亲手栽种桑树、枇杷、夹竹桃、冬青、青竹、松树，建成了一个花木蓊郁的小花园，契诃夫称之为"永春园"，意即春色永驻。

契诃夫在这里养病，同时也从事创作。他的《樱桃园》、《三姐妹》、《带狗的女人》、《新娘》、《在峡谷里》，就是在这里完成的。其中《带狗的女人》就是以雅尔塔为背景地创作的。因为雅尔塔当时是王公贵族们的休养地，聚居着贵妇人和达官富豪，《带狗的女人》正是当时雅尔塔的写照。

在契诃夫去世之后，契诃夫的妹妹精心照料着这里。到了1959年，契诃夫的妹妹把这幢别墅及里面的全部陈列无偿地捐赠给国家。1964年，在契诃夫别墅旁建造了一座纪念馆。

步入契诃夫纪念馆，首先映入眼帘的是戴着夹鼻眼镜、留着小胡子的契诃夫的大幅照片。

纪念馆里陈列着契诃夫的许多照片以及不同版本的各种著作。工作人员播映了介绍契诃夫生平的影片。

1860年，契诃夫出生于小市民家庭。在父亲开设的杂货铺破产之后，他依靠当家庭教师读完中学。出身于小市民家庭，使契诃夫从小就溶入小人物

的生活圈，为他后来刻画那么多
"小"字号人物打下丰厚的生活
基础。

1879 年，契诃夫考入莫斯
科大学学医。在 1884 年毕业之
后，契诃夫成了医生。也就在
这个时候，契诃夫开始了文学
创作。

我向纪念馆的副馆长说道：
"中国的著名作家鲁迅、郭沫若
以及英籍华裔女作家韩素音，跟
契诃夫一样，都是学医出身，从
医生转变为作家。"

副馆长说道："这是因为他
们以医学医治病者的身体开始，
进一步用文学医治他们的灵魂。"

她的话，道出了医学与文学
之间的深刻关联。

在纪念馆里，我注意到一帧
高尔基和契诃夫一起在雅尔塔散
步的照片。

"高尔基到过这里？"我问道。

"是的。应契诃夫的邀请，
高尔基曾经来到雅尔塔，在契诃
夫家里住过多日。"副馆长答道。

她详尽地向我叙述了高尔基
与契诃夫的深厚友谊……她讲述
的一件小事和一件大事，给我留
下深刻印象。

一件小事是"金表的故事"：
契诃夫和高尔基之间，有
过许多通信。契诃夫得知处于经

■ 契诃夫

■ 高尔基（右）和契诃夫在雅尔塔散步

先贤的追忆

■ 陪同参观的契诃夫纪念馆副馆长，是一位头发花白的女士

济困难之中的高尔基竟然没有表，就多次在信中提及："一个作家应该有一只表。"为此，契诃夫特地买了一只金表，送给了高尔基。

这只金表虽然是小事，充分表明了契诃夫对于高尔基的关心。

一件大事是"院士的故事"：

由于契诃夫在小说和戏剧创作上的巨大成就，他被接纳为俄罗斯国家科学院院士。在沙皇时代，这可以说是对于俄罗斯知识分子的最高荣誉。

然而，同样有着文学创作巨大成就的高尔基却被挡在俄罗斯国家科学院院士的大门之外。尽管契诃夫和许多院士曾经多次向沙皇推荐了高尔基，但是沙皇总是把高尔基的名字从院士入选名单上删去——原因很简单，因为高尔基的作品具有强烈的"激进"倾向。

出于义愤，契诃夫发表了公开声明，退出俄罗斯国家科学院！契诃夫的正义之举，在当时曾经引起强烈反响。

应契诃夫之邀，高尔基来到雅尔塔，在契诃夫家中，与契诃夫得以朝夕长谈。在契诃夫去世后，高尔基曾经写文章纪念契诃夫，内中写道：

有一次他邀请我到库楚柯伊村去做客，在那里他有一块土地和一栋两层的白色小楼。他带我看他的"产业"，一面还兴致勃勃地说："如果我有许多钱，我就在这里为老弱残疾的乡村教师建一所疗养院。你知道，我会建一座宽敞明亮的大楼，窗子大，房间高；要有一个好的图书馆，各式各样的乐器，还有养蜂场、菜园和果园。要举行报告会，为教师讲农学，讲神话……教师应该知道一切，一切，亲爱的。"

他突然沉默了，咳嗽着，用眼角看着我，露出温柔迷人的微笑；那微笑有不可抗拒的力量，吸引人去倾听他的讲话……

他挥挥手温和地说："我们的俄罗斯是个怪事太多、运转不灵的国家。"

我们沉默着慢步往回走。那是个炎热晴朗的日子，水波在明亮的阳光下闪烁；一只狗在下面欢快地叫着。契诃夫挽起我的手臂，咳嗽着慢慢地说："说来可耻又可悲，但却是事实：许多人羡慕狗的生活。"他马上又笑着加上一句："今天我尽说泄气的话，这说明我老了。"

契诃夫曾经与高尔基相约，前往中国访问，但是疾病使他无法成行。

走出纪念馆，便来到"永春园"。经历一个世纪之后，当年契诃夫亲手种植的松树已经成为参天大树。原本在契诃夫家中可以望见的黑海，而如今已被茂林繁枝所遮掩。

"永春园"里有一张长椅，是高尔基来访时最喜欢坐的地方。高尔基在树荫下的长椅上看书、看报、沉思。正因为这样，契诃夫家人喊高尔基吃饭时，就朝这里走去，高尔基十有八九在这里。

走过"永春园"，见到一座白色的两层小楼，那就是契诃夫当年亲手设计的别墅。这座别墅保持契诃夫居住时的原貌。在土黄色的大门上，至今仍挂着一块小小的铜牌，写着契诃夫的名字："А·П·ЧЕХОВЪ"。

这座从外面看去是两层的

■ 契诃夫故居

先贤的追忆

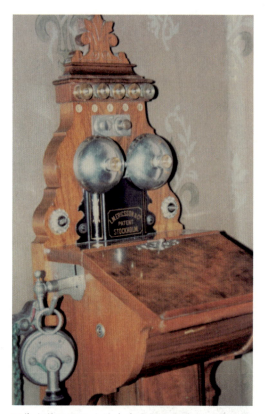

■ 像小箱子那么大的木壳电话，两个电铃像自行车铃那么大

别墅，实际上是三层——第三层近乎阁楼。底楼是客厅、餐厅和厨房，二楼是契诃夫和夫人的卧室以及契诃夫的书房，三楼是契诃夫母亲和妹妹的卧室。

我最感兴趣的当然是契诃夫的书房。我见到墙角挂着一个像小箱子那么大的木壳电话，两个电铃像自行车铃那么大。在100年前，契诃夫的书房里装有电话，已经算是很先进的了，虽然来电话时那铃声大作震耳欲聋。

契诃夫的书桌，紧靠窗口。桌上放着三个烛台，表明那时这座乡间别墅还没有电灯。

契诃夫用蘸水钢笔，在这张书桌上写下他最后的作品。

我问起契诃夫的婚姻时，陪同参观的副馆长告诉我，1901年5月，契诃夫与莫斯科艺术剧院的女演员克尼碧尔结婚。二楼的夫人卧室，就是克尼碧尔住的。不过，克尼碧尔没有长期在这里居住，契诃夫的生活主要依靠妹妹玛丽雅·契诃娃照料。

副馆长告诉我，她是玛丽雅·契诃娃的好友，由此说起了玛丽雅的感人故事……

玛丽雅比哥哥契诃夫小3岁。她有4个哥哥和一个弟弟，是家中唯一的女孩。她非常尊敬哥哥契诃夫，成为契诃夫最亲密的助手。

契诃夫从大学毕业后行医，玛丽雅成了"医生助理"，照料病人，按照契诃夫的处方去配药等，这些事她尽心尽力去做。

契诃夫成为作家之后，玛丽雅照料哥哥的生活，使契诃夫能够全力以赴从事创作。

契诃夫患病之后，玛丽雅成为最细心、最尽责的护士。

玛丽雅年轻漂亮，追求者颇多。她爱上了乌克兰小伙子斯玛金，但是考虑到哥哥无人照料，她竟然拒绝了斯玛金的求婚。

从此，玛丽雅终身不嫁，全心全意照顾着过度忙碌而又重病缠身的契诃夫。

契诃夫为了养病迁往莫斯科郊区，后来又迁往雅尔塔，玛丽雅一直伴随着哥哥。

1901年5月契诃夫与克尼碧尔结婚时，便写好了遗嘱，交给克尼碧尔。3年之后，契诃夫病逝，克尼碧尔把契诃夫的遗嘱交给玛丽雅，玛丽雅这才得知契诃夫指定她为遗嘱的执行人！

人们常说，在成功的男人背后，总是站着一位默默奉献的女人。这女人一般总是指妻子或母亲。然而，在成功的契诃夫背后，站着的这位默默奉献的女人却是他的妹妹！

在契诃夫去世之后，妹妹玛丽雅照料着契诃夫故居，整理契诃夫的手稿，仍然把自己的一切奉献给哥哥契诃夫。

契诃夫只活了44个年头，而玛丽雅的寿命比哥哥长了一倍多。1957年，玛丽雅以94岁的高龄去世。

病逝前一年，她在回忆录中说道：

"我的生命确实是漫长的。……谁活得时间长，谁就应该做更多的事。我不敢说，我已经做了许多事，然而在我93岁的时候，我可以说：我把自己的一生献给了作家契诃夫，因此我完成了我想做的事。"

玛丽雅去世之后，根据她的遗嘱，契诃夫故居被无偿地献给了国家。

这样的兄妹佳话，是文坛上所罕见的。真的，玛丽雅"把自己的一生献给了作家契诃夫"！

契诃夫故居，是雅尔塔数以千计美丽的别墅中普通的一座。由于契诃夫和他妹妹的光辉，这座别墅熠熠生辉一个多世纪。

先贤的追忆

人见人爱加加林

4月12日，对于中国人来说，是一个不祥的日子，因为在1927年的这一天，蒋介石在上海发动了政变，被称之为"四一二"政变。

然而，对于俄罗斯来说，4月12日却是一个值得骄傲的日子，因为1961年的这一天，苏联宇航员尤里·加加林飞上太空，成为世界公认的"太空第一人"。2001年在我来到俄罗斯前夕，那里正在隆重庆祝加加林飞上太空40周年。

我发现，在俄罗斯，人见人爱加加林。他们说，加加林不仅是勇敢而机智的太空英雄，而且还是一个活泼、可爱、英俊、热情的小伙子。正因为这样，在评选20世纪俄罗斯最有影响的人物时，加加林排名第七——在他之前的第六名是戈尔巴乔夫，而在他之后的第八名是俄罗斯首任总统叶利钦。加加林作为一位宇航员，他的声望居然介于戈尔巴乔夫与叶利钦之间，足见加加林在俄罗斯的广泛影响。

■ 加加林

我在莫斯科红场列宁墓后面，见到安葬斯大林、勃列日涅夫等苏共中央领导人的墓地。在这墓地之后，是克里姆林宫的红墙，墙上的壁龛里安放着苏联时代名人的骨灰盒，如著名作家高尔基，苏共中央政治局委员、列宁格勒第一书记基洛夫，列宁夫人克鲁普斯卡娅，日本著名社会主义者片山潜等。在那里，我见到一块写着"ГАГАРИН，1934—1968"的墓碑，加加林的骨灰盒就安放在墓碑之后。

在莫斯科，还有加加林广场。在广场正中，矗立着高高的用不锈钢制成的纪念碑，用不锈钢制成的加加林塑像站在纪念碑的顶上。雕塑家以银白色的不锈钢表达"太空色彩"，而加加林的塑像也充满"现代派"的意味，看上去简直像个机器人。显然，雕塑家以这样与众不同的设计，表明加加林这位太空英雄跟列宁那样庄重的领袖人物的不同。

莫斯科的朋友告诉我，这个加加林纪念碑曾经引起广泛的争议。莫斯科的老百姓表示不能接受这个冷冰冰的、机器人式的加加林塑像，因为他们心目中的加加林是何等的亲切可爱！然而，毕竟已经花费了那么多的钱，而且已经建造好了塑像，推倒重建是不容易的。于是，这个"冷冰冰"的加加林，也

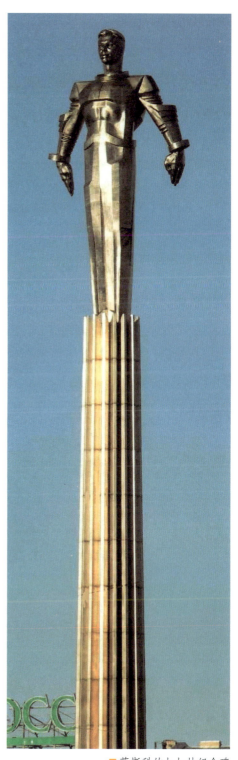

■ 莫斯科的加加林纪念碑

先贤的追忆

197

就一直高高地站在那里。

加加林是赫鲁晓夫时代的英雄。当时，赫鲁晓夫正忙于与美国展开"和平竞赛"。1957年10月4日，苏联成功地发射了世界上第一颗人造地球卫星，在"太空竞赛"上领先了一步。"太空竞赛"实际上也就是火箭和遥控技术的竞赛，而火箭和遥控技术正是国防的尖端技术。

1960年11月8日，年轻的约翰·F·肯尼迪当选美国总统，他决心在"太空竞赛"上战胜苏联，加紧了载人航天的步伐，7名美国宇航员正跃跃欲试，飞向太空。赫鲁晓夫得知肯尼迪的动向，当然加快了载人航天的进程。

1961年4月12日，赫鲁晓夫终于领先肯尼迪一步：从拜科努尔发射基地（今哈萨克斯坦境内），一枚苏联R-7火箭把太空船"东方号"送上太空的电梯。乘坐在"东方号"上的27岁的宇航员加加林，成了人类历史上第一个"太空人"！

加加林环绕地球一周之后，重新进入大气层，在离他出发地点几百千米的萨拉托夫州捷尔诺夫卡区斯梅洛夫村着陆。加加林的第一次太空飞行，是在莫

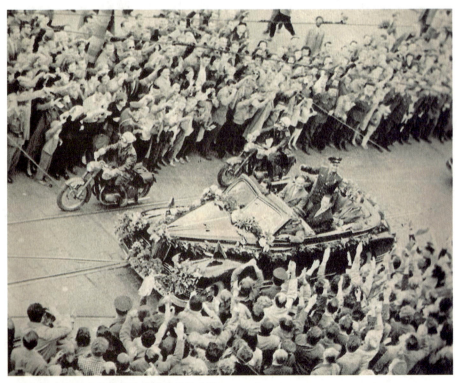

■ 加加林太空归来在莫斯科受到英雄般欢迎

斯科时间上午9时7分发射，10时55分着地，历时1小时48分钟。

加加林的名字，顿时传遍了全世界。他回到莫斯科时，受到成千上万群众的夹道欢迎。赫鲁晓夫亲自授予加加林列宁勋章。加加林成了苏联英雄。

加加林所说的一段话，也为人们津津乐道：

> "当我乘坐太空船在地球轨道上运行时，我为地球的美丽而惊奇。地球上的人们，让我们保护并增加她的美丽，而不是去破坏她！"

就在我前往俄罗斯之际，在纪念加加林飞上太空40周年的时候，俄罗斯报纸惊爆内幕：当年苏联航天中心工程师米哈伊尔·鲁德科向记者透露，在加加林之前，苏联曾经3次进行载人航天试验，先后有3名宇航员壮烈牺牲！

鲁德科说，1957年、1958年、1959年，曾经在苏联南部的卡普斯汀亚航天中心进行过3次低轨道火箭发射，均遭失败，3位牺牲的宇航员分别名叫勒德夫斯基、沙伯林和米特科夫。

这一内幕消息披露之后，引起轰动。但是遭到多位原苏联宇航部门人士的坚决否认。

不管鲁德科披露的消息是否可靠，但是太空飞行风险甚大这是人所共知的。正因为这样，加加林成为人类第一个"太空人"，确实非常勇敢，也非常不容易。他赢得全世界的尊敬，是理所当然的。

俄罗斯报纸还披露重大内幕新闻：据说加加林不是真正的第一位"太空人"，在他之前，伊柳辛的儿子曾经上了太空！伊柳辛是苏联著名飞机设计师，他的儿子是优秀的飞机驾驶员。只是小伊柳辛在从太空返回地球时，太空舱"硬着陆"使他受伤。赫鲁晓夫以为，让一个受伤的人出现在全世界媒体前，有损于苏联的形象，于是不准对外报道。此后不久，加加林上了太空，又平安回来，赫鲁晓夫开动苏联宣传机器，称颂加加林是人类第一位征服太空的英雄……

万事开头难。由于加加林开创了人类飞向太空的时代，此后先后有400多位宇航员飞上太空。特别是曾经有位美国富翁蒂托，花费2000万美元的代价，乘坐俄罗斯飞船上天，成了第一位"太空游客"，更成了"宇航佳话"。当然，在那么多次载人航天之中，也有多位宇航员献身太空。

加加林是苏联农民的儿子。他的父母以至祖父母都是农民。1957年，23岁的加加林从契卡洛夫第一军事航空飞行员学校毕业之后，成为优秀的歼击机飞行员。加加林头脑灵活，反应迅速，技术娴熟。正因为这样，他被选入苏联第一批宇航员。

当时与加加林一起入选的第一批宇航员还有十几人，加加林能够脱颖而出，还在于苏共中央第一书记赫鲁晓夫考虑到一旦飞行成功之后，这位宇航员会成为"明星"，成为苏联的骄傲，所以特地指示："必须是纯俄罗斯人。"因此，具备同等条件的乌克兰族的航天员季托夫成为首次航天的预备航天员。

加加林除了具备以上条件之外，他英俊的外表和活泼开朗的性格，使他博得苏联人民的喜爱。

自从加加林成功地飞上太空之后，他成了苏联政府的掌上明珠。苏联政府要求严格保护这颗明珠，不许他再从事危险的太空飞行——尽管加加林本人希

■莫斯科民众欢迎加加林太空归来

■ 苏联英雄加加林

■ 赫鲁晓夫与加加林

望再度飞向太空。

　　各种各样的荣誉，各种各样的头衔，飞到了加加林的头上。

　　然而，加加林在鲜花和掌声面前，依然执着地企望再上太空。

　　出乎意外，这位闯过大风大浪的小伙子，竟然被一条小河沟夺去生命！

　　那是从 1968 年 3 月初起，经加加林再三强烈要求，苏联有关部门同意他再度飞向太空。于是，加加林终于恢复了停止了多年的飞行训练。

　　加加林驾机飞了多次。

　　1968 年 3 月 27 日，加加林坐进了飞机驾驶舱前排，他的战友谢烈金坐在他后面。10 时 19 分，飞机起飞。

　　10 时 31 分，无线电通信突然中断。加加林和谢烈金驾驶的飞机在作俯冲飞行时失控，直冲地面，发出轰的一声巨响，加加林和谢烈金当场以身殉职！

　　人见人爱的加加林，牺牲时年仅 34 岁！

　　噩耗传出，千千万万苏联人为之失声痛哭。有人形容说，那就像美国人得知肯尼迪总统遇刺身亡一样痛苦万分。

　　为了纪念加加林，他的故乡格扎茨克被更名为"加加林城"。

　　那个机器人式的不锈钢雕塑，也高高地竖立在莫斯科街头。

　　在我看来，加加林不愿坐在荣誉的沙发上，坚持进取，坚持奋斗，这种精

先贤的追忆

201

■ 莫斯科的宇宙飞行纪念碑

神是非常可嘉的。他不是太空中一闪而过的流星，而是一颗永远发光的恒星。正因为这样，我也加入喜爱这位勇敢的太空英雄的行列。

尽管加加林那么突然又那么不幸地走了，但是人们永远记住了他的那句名言：

"当我乘坐太空船在地球轨道上运行时，我为地球的美丽而惊奇。地球上的人们，让我们保护并增加她的美丽，而不是去破坏她！"

乌克兰的奥斯特洛夫斯基纪念馆

　　"人最宝贵的是生命，生命给予我们每个人只有一次。一个人的一生应该这样度过：当他回首往事的时候，不因虚度年华而悔恨，也不因碌碌无为而羞耻。这样，在临终的时候，他就可以说，我的整个鲜血和生命，都已经献给世界上最壮丽的事业，为全人类的解放而奋斗！"

　　苏联长篇小说《钢铁是怎样炼成的》中的这段名言，我从小就会背诵。这不仅仅因为这段名言被选入当年的中学课本，而且我在上中学时就读了长篇小说《钢铁是怎样炼成的》。

　　这段出自小说主人公保尔·柯察金之口的名言，其实也就是作者尼古拉·阿列克塞耶维奇·奥斯特洛夫斯基的名言。

　　来到俄罗斯之后，我先是在莫斯科"拜访"了奥斯特洛夫斯基。

　　那是在一个雨天，我来到莫斯科的新圣女教堂公墓。走过一座座水湿的名人之墓，我看到一座特殊的墓：

　　墓上竖立着一块巨大的长方形大理石。这块墓碑的底座是夹带黄色花纹的灰色大理石，上方是一块黑色大理石，刻着瘦削的奥斯特洛夫斯基的浮雕像，底座上刻着金色的奥斯特洛夫斯基的签名。

　　在这块大理石墓碑左前方，又横卧着一块长方形大理石。这块大理石的上方，刻着一柄稍稍弯曲的军刀和一顶尖顶的苏联红军帽。

　　奥斯特洛夫斯基清癯的脸庞以及军刀、红军帽，勾勒出这位从战火中走来的作家的鲜明形象。

先贤的追忆

203

在军帽旁，放着吊唁者献的鲜花。军刀的柄上，还挂着吊唁者所献的红绸带。这鲜花和红绸带，给冷雨中的墓地带来了一片温馨。

奥斯特洛夫斯基是一位经历坎坷而异常顽强的作家，他年幼时家贫失学，做过小工。他在16岁参加了红军，20岁成为共产党员，在与白匪的殊死战斗中负伤，后来甚至双目失明，全身瘫痪。

他没有躺着等死。他珍惜生命，因为"人最宝贵的是生命，生命给予我们每个人只有一次"。虽然他无法再手持战刀厮杀于战场，他却拿起了另一种武器——笔。

最初，由于他看不见自己所写的字，以至字与字、行与行相互重叠。他渐渐摸索，克服了这一困难，坚持写了下去。到了后来，他连执笔的力气都没有了，他就改为口述，请人代笔……

前前后后花费三年时间，他终于写下了长篇小说《钢铁是怎样炼成的》——主人公保尔·柯察金身上，有着他的影子。

1934年，《钢铁是怎样炼成的》由苏联青年近卫军出版社出版，马上在苏联读者中引起强烈反响。保尔·柯察金成了当时苏联青年心中的青春偶像。

奥斯特洛夫斯基是乌克兰基辅人。在他的故乡，我又一次"拜访"了他——我来到了基辅郊区博雅尔卡小镇的奥斯特洛夫斯基纪念馆。

纪念馆前，竖立着戴着红军帽、朝前冲锋的保尔·柯察金青铜塑像。塑像后面，是一排赭红色的平房，屋檐下、窗户四周装饰着白色的花纹，显得古朴而大方。

馆长柳德米拉是一位中年妇女，穿着一身黑白相间的衣裙，显得十分高雅。她告诉我，这里是奥斯特洛夫斯基和他的战友修建窄轨铁路的地方。这个纪念馆是为了纪念奥斯特洛夫斯基70周年诞辰，在1974年由乌克兰共青团员们捐款修建的，收藏着有关奥斯特洛夫斯基的诸多资料。从1979年起，纪念馆更名为"基辅州共青团荣誉博物馆"，苏联解体之后，更名为"伯亚尔卡市地方志博物馆"。

在纪念馆里，我见到幼年的奥斯特洛夫斯基与他母亲的照片。充满稚气的奥斯特洛夫斯基，沐浴在温暖的母爱之中。

我又见到童年时期的奥斯特洛夫斯基的照片。他戴着一顶大盖帽，穿着乌克兰特有的圆立领上衣，腰束皮带，足穿长皮靴，好神气。

我还见到奥斯特洛夫斯基成为红军战士之后的照片。尽管他的腰间佩着手枪，但是看上去文质彬彬。艰苦的岁月使他那样清瘦，而双目透着坚毅的光芒。

给我印象颇深的是奥斯特洛夫斯基的工作室：一张简陋的帆布躺椅，他瘫痪后就是躺在这把椅子上进行口述。旁边的一张椅子，则坐着他的助手，进行记录。躺椅后方，是一只老掉牙的收音机，那是当年奥斯特洛夫斯基接受外界信息的主要通道。奥斯特洛夫斯基就是在这样的小屋里，完成了《钢铁是怎样炼成的》。

在纪念馆里，陈列着《钢铁是怎样炼成的》的各种版本：

《钢铁是怎样炼成的》在苏联大量印行，先后印行了3000万册，产生了极其巨大的影响。可以说，在当时的苏联，《钢铁是怎样炼成的》是一部家喻户晓的作品。保尔·柯察金成了苏联广大青年学习的榜样。

《钢铁是怎样炼成的》先后被翻译成20种文字，在26个国家发行。

在中国，段洛夫和陈非璜在1937年6月就把《钢铁是怎样炼成的》译成中文。

翻译家梅益在1942年把《钢铁是怎样炼成的》的英译本转译成中文，由上海新知书店出版，这个版本流传甚广。

从1952年到1966年，《钢铁是怎样炼成的》中文版共印行25次，发行100多万册。

从1979年到1995年，《钢铁是怎样炼成的》中文版印行32次，发行130万册。

《钢铁是怎样炼成的》在苏联曾经3次被改编成影视作品，更加扩大了这部作品的影响。

第一次是在20世纪40年代初，苏联筹拍电影《钢铁是怎样炼成的》。刚开始拍摄，卫国战争爆发，演员们上了前线。男主角在战争中牺牲。这样，在1947年重新拍摄电影《钢铁是怎样炼成的》，黑白片，着重于描写国内战争中的保尔；

第二次是在1956年，由苏联导演葛里高利·丘赫莱伊拍摄电影，彩色片，片名叫《保尔·柯察金》，重点写建设中的保尔。这部电影产生很大影响，影片的主题歌曾经传唱四方：

> 在乌克兰辽阔的原野上，
> 在那清清的小河旁，
> 长着两棵美丽的白杨，
> 这就是我亲爱的故乡。
> 彼得留拉凶恶的匪帮，
> 攻占了我可爱的故乡，
> 乌克兰原野变成了战场，
> 白杨树叶飘落在地上……

先贤的追忆

第三次是在 1973 年，乌克兰拍摄的 8 集电视连续剧《保尔·柯察金》。

当然，最出人意料的是第四次，1999 年由中国人策划、中国人编导，在乌克兰拍摄了 20 集电视连续剧《钢铁是怎样炼成的》。

奥斯特洛夫斯基在病榻上完成《钢铁是怎样炼成的》之后，又克服病痛，开始写作第二部长篇小说《暴风雨所诞生的》。这是一部描写乌克兰人民在内战时期保卫苏维埃政权的作品。他还没有来得及写完，病魔就夺走了他年轻的生命——他离开这个世界时，只有 32 岁！

馆长告诉我，在奥斯特洛夫斯基纪念馆开馆不久，曾经收到一封不平常的信。信中描述了一个真实而感人的故事：写信的人曾经是一个小偷。在 1937 年，他偷了一只手提箱，箱子里有一本《钢铁是怎样炼成的》。他信手翻开了第一页，就无法抗拒这本书的巨大魅力。他一口气读完《钢铁是怎样炼成的》，从此改邪归正……

在苏联时代，奥斯特洛夫斯基纪念馆被作为进行共产主义教育的基地，前往奥斯特洛夫斯基纪念馆的人络绎不绝。特别是共青团员们，常常举着团旗，一队队来到这里参观、学习。

然而，当我问起馆长："现在前来参观的人还多吗？"

她惨淡一笑，无奈地摇了摇头。她说，"几乎没有什么乌克兰人到这里来。"

接着，她又补充了一句："由于你们中国拍摄了电视连续剧《钢铁是怎样炼成的》，如今到这里来的，差不多都是中国人！"

我也注意到，在今日俄罗斯、乌克兰的书店里，已经见不到《钢铁是怎样炼成的》。今日俄罗斯、乌克兰的年轻人，不读《钢铁是怎样炼成的》，不知道奥斯特洛夫斯基。

奥斯特洛夫斯基和他的《钢铁是怎样炼成的》如今被俄罗斯、乌克兰所遗忘，原因是不言而喻的：在苏联解体之后，历史完全颠倒了。当年被称为"白匪"的，如今成了英雄；

■奥斯特洛夫斯基雕像

当年的红军，被弃之如屣。这么一来，《钢铁是怎样炼成的》完全遭到了否定。

■ 奥斯特洛夫斯基

奥斯特洛夫斯基纪念馆从门庭若市到门可罗雀，正是苏联解体、俄罗斯以及乌克兰巨变的小小的缩影！

由于社会制度的彻底改变，在今日的俄罗斯、乌克兰，奥斯特洛夫斯基与《钢铁是怎样炼成的》遭到冷落，倒也是可以理解的。

然而，在社会主义的中国，也有人对《钢铁是怎样炼成的》提出了质疑。

在1999年的中国《俄罗斯文艺》季刊第二期上，发表了余一中先生的文章《〈钢铁是怎样炼成的〉是一本好书吗？》一文，对《钢铁是怎样炼成的》提出了质疑。

文章指出，《钢铁是怎样炼成的》是一部歪曲历史真实、吹捧反人民的斯大林"极左"路线、没有艺术性可言的小说。

文章指出：《钢铁是怎样炼成的》中的保尔·柯察金被炼成了"钢铁"。这部小说书名里的"钢铁"一词有两层象征意义：一是供主人使用的无思想、无感情、冷冰冰的材料；二是斯大林和斯大林路线（斯大林这一姓的词根就是"钢"的意思）。《钢铁是怎样炼成的》所表明的就是怎样把一个普通人变成斯大林路线的拥护者和"材料"的过程。

文章还指出，由于历史原因，中国在很长一段时间里把斯大林模式当作社会主义的典范来学习。我们与世界上其他国家的文化联系被斩断了。我们的头脑被调整到只能与《钢铁是怎样炼成的》之类的读物发生共振的频率。而这类读物在与我们头脑发生共振时所发出的声音是"向左，向左，向左！"《钢铁是怎样炼成的》这类书就是在这样一种社会大背景中，这样影响了我国的两三代人，催促他们附和"左"的思想路线、方针、政策，去"反右"、"反右倾"、"大跃进"，去搞"文化大革命"。《钢铁是怎样炼成的》促使读者丧失独立思考，丧失正常恋爱、交友、与人相处和做有益工作的能力。

先贤的追忆

文章以为，《钢铁是怎样炼成的》是一本"包着革命外衣，宣传反历史的'极左'思想的读物"，是与我们改革开放时代的精神相违背的，是"使人心灵失常、精神麻痹"的"裹着糖衣的毒药"！

这篇文章发表之后，中国很多评论家表示无法苟同，但是也有许多人赞赏余先生的勇敢和与众不同的见解，以为余先生的文章有不少可取之处。

仁者见仁，智者见智。对于一部作品截然不同的文学评价，其实是正常的。关于奥斯特洛夫斯基与他的《钢铁是怎样炼成的》的争论，还需要时间作出评价。

2000年2月28日，随着一部长达20集的电视连续剧由中央电视台在黄金时间播出，一个原本默默无闻的乌克兰小伙子一下子成了中国亿万观众所熟悉的新星。

这部电视连续剧就是由中共深圳市委宣传部、中央电视台影视部和中国国际电视总公司联合拍摄的《钢铁是怎样炼成的》。

这颗新星就是《钢铁是怎样炼成的》男主角保尔·柯察金的饰演者安德烈·萨米宁。

奥斯特洛夫斯基是乌克兰基辅人，电视连续剧主要是在基辅拍摄的。

安德烈·萨米宁是乌克兰基辅人。

经《钢铁是怎样炼成的》译制导演曹雷的介绍，我在基辅见到了安德烈·萨米宁。

这位出生于1974年的乌克兰小伙子，一米八十的高个子，一头栗色头发，鼻梁挺直，脸部棱角分明，一双眼睛特别有神。

我很快就发现，安德烈·萨米宁是个腼腆、内向的小伙子，往往我问一句，他才答一句。从他的谈话中得知，他毕业于乌克兰卡尔朋科·卡雷戏剧学院表演系，如今在乌克兰"左岸"剧院话剧团担任演员。所谓"左岸"，是因为第聂伯河从基辅市区中心穿过，把市区分为"左岸"与"右岸"，犹如黄浦江把上海分为浦东与浦西。

我问起萨米宁在主演《钢铁是怎样炼成的》之前，演过什么戏。他说起了他参加演出的俄罗斯、乌克兰一些话剧的名字，我一个也不熟悉。《钢铁是怎样炼成的》对于萨米宁来说是终生难忘的，这部电视连续剧使这位普通的话剧演员一举成名。

萨米宁是怎样被选中担任《钢铁是怎样炼成的》男主角的呢？内中有一段颇为传奇的故事……

《钢铁是怎样炼成的》是一部特殊的电视连续剧，原作是苏联名著，却由中国人投资、中国人编剧、中国人导演，而剧中多达 120 多名演员大都由外国人扮演，拍摄地点也在外国。尽管中国已经拍摄了数以万计的影视作品，但是像《钢铁是怎样炼成的》这样特殊的电视连续剧，却是第一部。

《钢铁是怎样炼成的》的导演韩刚，是中国的名导演，由他执导的电视连续剧《宰相刘罗锅》在中国家喻户晓。

《钢铁是怎样炼成的》剧组在乌克兰挑选演员的消息不胫而走，应试者蜂拥而至。几乎乌克兰所有的影视以及话剧演员，都在中国导演面前亮了相。

虽然一个个次要角色有了着落，但是男主角一直空缺。中国导演以为，《钢铁是怎样炼成的》是奥斯特洛夫斯基的自传体小说，主角保尔·柯察金应该与奥斯特洛夫斯基本人相像。

尽管乌克兰的演员们对中国剧组趋之若鹜，萨米宁却无动于衷，为什么呢？因为过去萨米宁曾经多次试镜，屡屡败北，所以他对这类事情也就失去了热情。

事有凑巧，萨米宁的一位女同事伊拉前往中国剧组试演丽达一角，虽然没有被选中，却在交谈中得知中国导演正在寻觅与奥斯特洛夫斯基相似的男主角，便马上推荐了萨米宁。

真是踏破铁鞋无觅处，得来全不费工夫，中国导演一看萨米宁的照片，马上兴奋地说："找到了！找到了！"

奥斯特洛夫斯基修长而瘦削，脸的棱角分明，前额高阔，双眼炯炯有神。萨米宁仿佛是奥斯特洛夫斯基的"拷贝"！

即便如此，萨米宁仍然疑虑重重，不愿前去应试。后来在剧中饰演朱赫来的演员是萨米宁的朋友，他一再劝萨米宁去试一试。

在这位朋友的鼓励下，萨米宁终于来到中国剧组。萨米宁穿上破旧的苏式军大衣，戴上布琼尼军帽，活脱脱就是奥斯特洛夫斯基笔下的保尔·柯察金！

导演韩刚非常满意，甚至戏称萨米宁是"专为保尔诞生"的演员！

"一道篱笆三个桩，一个好汉三个帮"。25 岁的萨米宁正是在他的女同事、男同事的力荐下，终于幸运地成为《钢铁是怎样炼成的》的第一主角。

后来萨米宁深有感叹地说："他就像戏中的朱赫来一样拉了我一把。但当我知道真的定下让我演保尔时，我非常激动，有一种演员本能的创作冲动。"

萨米宁一方面庆幸自己的好运，一方面也意识到自己肩上重担的分量。

萨米宁说，他在十几岁的时候第一次读到《钢铁是怎样炼成的》。那时候，这本书是学校规定的教材，他也是最后一批读过有这篇课文的教材的年轻人。

说起来也真有缘，在萨米宁14岁的时候，也就是1988年，他初涉演艺圈，曾在一部以保尔·柯察金为主人公的戏剧中扮演少年保尔。

随着苏联解体、苏联共产党瓦解，乌克兰政治剧变。在萨米宁之后，《钢铁是怎样炼成的》被从中学教材中删除了。

正因为萨米宁知道《钢铁是怎样炼成的》是怎样的一部作品，所以他明白要演好保尔是很艰难的任务。

1999年2月16日，也就是中国春节的第一天，电视剧《钢铁是怎样炼成的》在乌克兰首都基辅正式开拍。在此后整整9个月的拍摄过程中，萨米宁一直兢兢业业。

萨米宁没有拍过电视剧。对于他来说，参加《钢铁是怎样炼成的》的拍摄是一次极为难得的历史性机遇。他紧紧抓住了这一机遇，非常认真地对待每一场戏。据当时与他一起工作的曹雷告诉我，萨米宁常常独自在那里背台词，一遍又一遍，非常的投入。曹雷注意到，萨米宁背到激动的地方，会全身颤抖起来！

《钢铁是怎样炼成的》所描述的是艰难的战争环境，萨米宁跟保尔·柯察金一样经历挨冻、挨饿、挨打。萨米宁常常为拍戏而伤痕累累，他从不言苦。

他说，按照中国的习惯，他属虎。他以"小老虎"的精神勇敢地拼搏着。

有一天，在拍摄谢廖沙在牺牲前推保尔跳崖逃生的一场戏时，萨米宁从十几米高的河岸上跃下，跳进河中！虽然导演曾经建议用替身演员代替，萨米宁却坚持自己来演。

萨米宁原本身体不错，从来没有过心脏病，但在拍摄《钢铁是怎样炼成的》过程中，由于过度疲劳，竟然两次突发心脏病！

萨米宁曾经这么深刻地谈到自己的体会：

> "我一直在想，是什么成为这次艺术创作的动力？是什么使我们这些来自不同国家、代表不同文化、使用不同语言的人们，在如此短暂的时间内架起理解的桥梁？只有相互尊重，深入了解彼此的文化，才能真正理解尼古拉·奥斯特洛夫斯基的作品。中国朋友努力深入了解我们斯拉夫人的心灵、观念，两国艺术家达成了共识，才使小说通过屏幕成功地得到了艺术再现。大家在创作中一直努力探寻鼓舞剧中人物的理念，终于把一个个别国过去发生的故事提升到体现全人类价值的高度。"

行走世界·第2辑

他还说：

"我从来没有和中国艺术家合作过，刚开始的时候我甚至担心怎样跟他们交流。但几乎是拍摄的第一天就让我觉得这样的顾虑是多余的。拍摄的组织工作做得严密而周详，中国导演韩刚和嘉娜对每场戏都是一丝不苟的。即便是一个走过场的群众角色，他们也反复比较、遴选。这种创作态度给我留下了深刻的印象，促使我在塑造保尔形象时倾注了百分之百的心血。"

他说：

"衷心感谢中国朋友，让我扮演保尔这个极有意义的角色，使我得到了一次充满深刻内容的生活经历，同时极大地丰富了我的表演才智。"

萨米宁郑重地对我说：

"中国已经成了我的第二故乡，第二祖国。"

皇天不负苦心人。电视剧《钢铁是怎样炼成的》在中国播放之后，萨米宁荣获中国电视剧"飞天奖"的特别奖。

这一回在基辅，萨米宁告诉我一个"惊人"的消息：在四个月之前，他跟电视剧《钢铁是怎样炼成的》中的女主角莱霞·萨玛耶娃结婚了！

电视剧中女主角、冬尼娅的扮演者，中国导演选定了气质高贵、漂亮出众的乌克兰姑娘莱霞·萨玛耶娃。她与萨米宁都毕业于乌克兰卡尔朋科·卡雷戏剧学院表演系，又共事于同一剧院。

有趣的是，萨玛耶娃是她的"母亲"推荐的。所谓"母亲"，是指在电视剧中演冬尼娅母亲的演员。她跟萨玛耶娃是"老搭档"，当时她俩在一部童话剧中也正是演母女。

中国导演马上被萨玛耶娃那双大而明亮的眼睛所深深吸引，马上拍板了。中国导演显然是从中国人的审美观念选择了萨玛耶娃。其实，在俄罗斯人、乌克兰人看来，萨玛耶娃也是一流的美丽。

萨米宁跟萨玛耶娃在电视剧《钢铁是怎样炼成的》中成了非常相称的一对恋人。当时，萨米宁曾经用这样的话称赞萨玛耶娃：

"我们俩彼此非常了解，她在生活中就是一个非常丰富的人。有时显得非常平易近人，很容易相处，而有时又让人有点望而生畏，但这两种性格却能在她身上非常完美地融合在一起，她是一个非常可爱的人。"

■叶永烈夫妇与安德烈·萨米宁在奥斯特洛夫斯基雕像前

我要他"坦白"恋爱的经过。萨米宁不好意思地"招供"说：他俩早就认识，但并没有深交。在拍摄《钢铁是怎样炼成的》的过程中，彼此有了许多接触，开始有了了解。不过，当时忙于拍戏，谁都没有顾得上谈情说爱。他俩真正陷于热恋是在电视剧完成之后，他俩一次次应邀飞往中国，参加各种联欢活动。

萨米宁说，他俩"最热火"的日子在2000年5月一起到上海。在上海，"敲定"了他俩的关系。

我笑着说，"阿拉上海"是你们永远不会忘记的"纪念地"。

萨米宁告诉我，拍摄电视剧《钢铁是怎样炼成的》，使他跟中国结下深缘。他已经4次应邀来到中国，跟广大中国观众见面。他还为中文版《钢铁是怎样炼成的》签名售书。他甚至还应邀出任中国万利达公司的形象代言人。

他很谦逊地说："我并不想做明星，只想和大家做个朋友，希望大家看到我时不会觉得烦，而是希望在屏幕上再见到我。"

萨米宁和萨玛耶娃在基辅已经买了一个小房子，作为自己的家。

我问起他俩是否很快会有孩子，萨米宁摇头："我和萨玛耶娃都还很年轻。我们现在需要的是努力工作。当然，过些日子，我们会有孩子。"他说，乌克兰现在也要自己花钱买房子，他的小房子每平方米360美元。按照上海的房价，这只是郊区房子的价格，然而对于萨米宁来说，这已经是很贵的了，所以只能买小房子。他直率地说，他和萨玛耶娃如果不是参加《钢铁是怎样炼成的》的拍摄，如果不是他在中国拍了广告片，是买不起这样的小房子的。

我问起这部"中国版"的电视剧《钢铁是怎样炼成的》是否有可能在乌克兰播放，萨米宁摇了摇头，说"不可能！"

内中的原因是不言而喻的：在红旗落地的国家不可能播映一部高举红旗的电视剧！

萨米宁说："乌克兰的年轻人，已经远离了奥斯特洛夫斯基，远离了保尔·柯察金。"

不过，中国人拍摄电视剧《钢铁是怎样炼成的》，在乌克兰倒是家喻户晓的。这是因为乌克兰的媒体，对中国人前来拍摄电视剧《钢铁是怎样炼成的》，曾经作了大量的报道。

最初，乌克兰的媒体刚听说中国人到基辅拍摄早已被乌克兰人"遗忘"的《钢铁是怎样炼成的》，感到很可笑。他们以为，布尔什维克早已土崩瓦解，你们这些中国人还为他们树碑立传？当地媒体像看笑话似的，报道中国人前来拍摄的消息。他们刊登那些戴着红军帽的剧照，以为中国的摄制组几乎是做着不可理解的事！

后来，他们也报道摄制组的工作情况。乌克兰的《独立报》在采访剧组之后，为报道安上一个意味深长的标题：《中国人告诉我们：'钢铁是怎样炼成的'》。

显然，由于社会制度的不同，他们跟中国人的政治立场有着不可逾越的鸿沟。

萨米宁说："我们国家的年轻人越来越喜欢表现自己，个人主义的思想比较明显，而像保尔这样的人已经越来越少。"

正因为这样，尽管电视剧《钢铁是怎样炼成的》在中国播得红红火火，但在乌克兰却谁都未曾看到过。

也正因为这样，如今前往奥斯特洛夫斯基纪念馆参观的绝大多数是中国游客，当地人没有谁再去理会奥斯特洛夫斯基与他的《钢铁是怎样炼成的》。

我问起他今后的打算，萨米宁说及自己的两大心愿。

他的第一心愿是能够与萨玛耶娃一起以旅游者的身份前往中国，好好游览中国。尽管他俩曾经四次应邀前往中国，但是每一次的日程都排得满满的，忙于各种活动。萨米宁说，中国是非常美丽的国家。正因为这样，他希冀有朝一日能够与萨玛耶娃细细欣赏中国的迷人景色。

他的第二个心愿是希望能够主演电视连续剧《牛虻》。

长篇小说《牛虻》与《钢铁是怎样炼成的》一样，在苏联以及中国都曾经有着广泛的影响。中国方面在成功地拍摄了电视连续剧《钢铁是怎样炼成的》之后，打算再接再厉，策划拍摄电视连续剧《牛虻》。据说，中国导演有意让萨米宁饰演《牛虻》的男主角——"牛虻"亚瑟。

倘若萨米宁能够如愿以偿，他将以"牛虻"亚瑟的形象出现在荧屏上——一个充满理想主义情怀、骑士般为祖国独立而献身的年轻的意大利烧炭党人。显然，他会又一次轰动中国。

我预祝他再次成功。